MAR INTERNO

PREQUELA

TERCEIRO SABER

de

ROBERTO CAMPOS PELLANDA

AVEC EDITORA

2022

EDITOR Artur Vecchi

REVISÃO E LEITURA CRÍTICA Kyanja Lee

LEITURA SENSÍVEL Camila Medeiros
Isabelle Mohamed

CAPA, PROJETO GRÁFICO E DIAGRAMAÇÃO Fabio Brust
Memento Design & Criatividade

ILUSTRAÇÃO DE CAPA Chris Rawlins

Dados Internacionais de catalogação na Publicação (CIP)

P 385

Pellanda, Roberto Campos
Terceiro saber / Roberto Campos Pellanda. – Porto Alegre : Avec, 2022.

ISBN 978-85-5447-102-6

1. Ficção brasileira I. Título

CDD 869.93

Índice para catálogo sistemático:
1.Ficção : Literatura brasileira 869.93

Ficha catalográfica elaborada por Ana Lucia Merege – 4667/CRB7

1ª edição, 2022

IMPRESSO NO BRASIL | PRINTED IN BRAZIL

AVEC EDITORA
CAIXA POSTAL 7501
CEP 90430-970 | PORTO ALEGRE – RS
contato@aveceditora.com.br | www.aveceditora.com.br
Twitter: @aveceditora

P

Priti Kandel achou que estava muito perto de descobrir o segredo do universo.

Bastariam mais duas ou três noites como aquela na companhia do pai, observando estrelas e disparando perguntas. Ao final, entenderia todos os porquês que a fascinavam desde sempre.

Observou o pai se acomodar no banco de madeira, as costas encurvadas para ajustar o olho e a ocular do telescópio na mesma altura. A forma não passava de um vulto negro contra o negrume ainda mais intenso que os cercava. Não fosse pelo brilho tímido do lampião, recoberto pelo tecido vermelho repousando ao lado, nem isso restaria para ser visto.

Priti olhou para cima. O firmamento encobria o mundo como um grosso cobertor; as estrelas, milhões de pequenos furos de todos os tamanhos no tecido. As bordas eram pontudas e irregulares, desenhadas pelos topos dos pinheiros que encerravam a clareira.

Sentia o perfume da terra úmida, misturada ao aroma dos pinheiros e mais outros tantos que nunca saberia o que eram ou de onde tinham vindo. Como se rendessem os demais sentidos desnecessários, uniam-se os cheiros para situá-la naquele agora tão seu, a sua trindade privada: noite, estrelas e o pai.

A primeira se espalhava ao redor, onipresente e onisciente: céu, terra e tudo entre eles entregues às sombras, passíveis de serem descobertos apenas pedaço por pedaço. A segunda deslumbrava a vista além do sentido da palavra: o pontilhado de estrelas; infinitas respostas sem perguntas. Já a terceira era toda sua: o pai não era atormentado pelas preocupações cada vez maiores daqueles tempos. Estava ali por inteiro.

— Priti, olhe.

O pai se levantou do banco e deu um passo para trás. Manteve uma das mãos com os dedos em pinça imobilizando a ocular do telescópio, para ele não perder o enquadramento.

Priti se aproximou, afastando o banco. Não precisava dele. Em pé, tinha a altura certa para que o olho encontrasse a lente. Como o pai a ensinara, relaxou a postura, deixou os ombros caírem e fechou um dos olhos. Concentrou a atenção no círculo cinzento que se apresentava diante de si. Em seu centro havia apenas um ponto luminoso. Azul e brilhante, era tudo o que havia para ser visto; como se roubasse toda a luz do universo para si.

Perdida na cena, descobriu que ficara tempo demais olhando a estrela apenas quando o olho aberto se encheu de lágrimas. Priti se afastou um passo e piscou algumas vezes. A forma do pai permanecia imóvel, os braços agora cruzados, ao lado do telescópio.

— Está muito longe?

O pai olhou para o céu estrelado por um momento e depois respondeu:

— Está. Muito longe.

— Como é possível que saiba?

— Grandes cientistas e estudiosos determinaram isso.

— E como eles sabem?

— Pelo primeiro saber.

Ela fez uma careta. O pai explicou:

— Há três tipos de saberes, Priti. O primeiro é o saber dos livros, da ciência, das coisas que medimos e estudamos. Esse saber é mensurado, testado e documentado. É o alicerce a partir do qual se ergue o prédio da ciência.

"O segundo saber se refere àquilo que experimentamos em primeira mão. O que podemos tocar, cheirar e provar. Existe a partir dos sentidos e do livre pensar. Povoa nosso cotidiano desde a hora que acordamos até a hora que nos recolhemos."

— Se eu colocar a mão no fogo, vou me queimar.

O pai sorriu.

— Isso mesmo.

— E o terceiro saber?

O sorriso se apagou do rosto do pai, mas o semblante ainda era sereno. Apenas agora se tornara mais intenso.

— O terceiro saber se refere às coisas sabidas com o coração e a alma. Aquele conhecimento fundamental que não se faz aparente ou tangível como a ciência dos livros, que pode ser tocada ou testada. Esse saber apenas está lá, latente, fazendo parte de nós ao mesmo tempo que faz da gente o que somos. Esse saber não precisa sobreviver a experimentações; tampouco pode ser refutado por uma hipótese contrária. Ele se mantém imutável e verdadeiro, como o sol ou as estrelas; como uma lembrança antiga que não desvanece; como o calor do toque de quem se ama; como um sorriso que não se apaga. Tire isso de alguém e nada restará.

Ela tinha uma boa ideia do que era esse terceiro saber, experimentava-o sempre que estava com o pai ou se recordava da mãe.

— Esses cientistas que sabem a respeito das estrelas, eles são astrônomos da Grande Universidade de Astan, certo?

O pai assentiu.

— Isso mesmo. A maior parte dos estudiosos está lá.

Priti refletiu por um longo momento, revisitando o sonho de crescer e se tornar uma cientista na Grande Universidade. Mas a fantasia jazia distante, a imagem desfocada por mais obstáculos do que podia contar ou mesmo imaginar. A partir desse fim de mundo empoleirado nas montanhas, escondido em florestas que nem nome tinham de tão remotas, nada parecia mais inatingível do que a grande cidade de Astan. Talvez as estrelas estivessem mais próximas.

Quando retornou ao tempo presente, viu que o pai desmontava o telescópio. Para além das copas dos pinheiros em direção a leste, insinuava-se uma claridade prateada intensa. Como pequenos esquecimentos silenciosos, o brilho apagava, uma a uma, as estrelas no céu. Em breve, a lua despontaria acima das árvores, mas a sessão de observação estaria encerrada muito antes disso.

O pai retirou o tecido vermelho que encobria o lampião, e o pequeno acampamento ganhou formas e cores. Priti ajudou a guardar o telescópio desmontado na mochila de couro. Após terminarem, o pai fez uma pequena fogueira e colocou água para aquecer.

Sentada no chão, próximo ao fogo, Priti se perdeu na dança das chamas. O calor a aqueceu e ela se viu desabotoando o casaco.

O pai apanhou a chaleira e lhe serviu uma caneca de chá de maçã com mel. Ela apanhou o recipiente de metal com as duas mãos, sorveu o aroma da bebida, mas não a bebeu. Sabia que estava quente demais.

— Devemos temer essa doença de que estão todos falando, papai?

Ele terminava de arrumar alguns apetrechos em outra mochila, mas interrompeu o que fazia quando escutou a pergunta. Aproximou-se e sentou ao lado dela, de frente para o fogo.

— Quem falou isso para você?

— A abadessa.

— Achei que você não gostasse da abadessa.

Ela pensou por instante antes de responder:

— Eu gosto da abadessa e gosto do mosteiro. Apenas não compreendo a religião.

— Por que não?

— Os deuses parecem não gostar da ciência. Não faz sentido pensar que Visna criou nosso mundo a partir do nada. Não pode ter sido assim.

O pai sacudiu a cabeça. Tinha o rosto sério.

— Achar que deus e ciência precisam sempre estar em lados opostos, como se fosse alguma disputa, é um engano comum.

— Mas na escola do mosteiro as crianças aprendem que a palavra de deus vale acima de todas as outras coisas — protestou Priti.

— Isso é uma falha no modo de enxergar tanto a religião quanto a própria ciência. Bem empregadas, ambas são buscas pela verdade. Diferem apenas porque usam como caminho saberes diferentes, mas pretendem chegar no mesmo lugar.

Priti não respondeu, não tinha certeza se concordava com isso.

— Pense assim — prosseguiu o pai: — podemos tomar vários caminhos para voltar para casa. Chegaremos ao destino de qualquer modo, mas as experiências colhidas na caminhada não serão as mesmas. E, se elas diferem, também não são exatamente os mesmos a partir e a chegar. Dado esse vir por lugares diferentes, transforma-se também aquele que por ele vem.

Priti não entendeu, mas guardou as palavras para si, imaginando se um dia cresceriam com ela e tomariam forma e sentido.

— E o que isso tem a ver com ciência e religião?

— Tudo. Pergunte para o maior cientista de Astan sobre a matéria. Depois, faça a mesma pergunta para o mais sábio dos monges. Um falará sobre coisas infinitamente pequenas, forças naturais descritas por páginas e mais páginas de equações matemáticas; o outro contará sobre a deusa Visna e a canção que deu forma à energia mãe de Maha, moldando este mundo. Nenhum dos dois tocará na verdade fundamental, se é que ela existe. Mas, por caminhos diferentes, ambos vão convergir na direção dessa resposta. E é apenas por essa simbiose dos saberes que é possível chegar lá.

Priti permaneceu em silêncio, escutando o crepitar do fogo. Depois de algum tempo, o pai perguntou:

— O que mais ela disse?

— Que a guerra acabou e que Astan será governada por uma cidade distante do Mar Interno.

O pai olhou para o fogo, como se o oscilar das chamas fosse ajudar com as respostas.

— É verdade, filha. A cidade de Sobrecéu venceu a guerra e agora domina Astan e boa parte do Oriente.

A ideia a seguir surgiu como uma fagulha de pânico.

— Os ocidentais irão destruir a Grande Universidade?

O pai sorriu, sacudindo a cabeça.

— Não. Não acho que farão isso. Ela é valiosa demais.

Priti sentiu o corpo relaxar. O sonho de ir para a universidade podia ser distante, mas era o *seu* sonho. Se não houvesse mais universidade, nem ao menos isso teria.

— E o que acontece conosco?

— Nada. Ou muito pouco. A Terra Perdida é distante demais dos interesses celestinos.

Isso também parecia uma boa notícia. Mas o que era, então, aquela sombra que parecia encobrir em igual medida habitantes locais e viajantes que passavam pelo vilarejo? Mesmo sendo criança, percebia aquele manto pesado depositado sobre os adultos. Andavam como se arrastassem pesadas correntes, os rostos quase nunca desenhando um sorriso, por mais tímido que fosse.

— E a doença?

— Sabemos pouco a seu respeito — respondeu o pai. — Parece ter sido trazida do Mar Interno pelos navios que chegam à Cidade Sagrada. É conhecida como Febre Manchada e se espalha com velocidade espantosa.

— Ataca as crianças também?

O pai tomou a sua mão na dele e pousou um beijo.

— Parece que sim. Mas não se preocupe. Mais uma vez estamos distantes demais...

Priti sabia a respeito disso também. Quando um adulto insistia com uma criança para que não se preocupasse, era porque ele próprio estava muito preocupado com o assunto.

— De qualquer modo, por precaução, foi decidido proibir visitantes na vila por algum tempo.

Priti refletiu por um momento.

— Então as pessoas carregam a doença?

O pai sorriu.

— Você é esperta. É o que a maior parte dos cientistas acredita.

Sem compreender o porquê, ela afundou em pensamentos densos e pegajosos, que a tragaram para um mundo onde pouco havia para ser visto. Instalou-se uma quietude completa, como se não apenas a noite estivesse silenciosa, mas também a sua mente e a do pai. O som inexistente do medo, compreendeu.

Tomou um gole do chá, sentindo o calor da bebida percorrendo o corpo como um abraço há muito desejado. O perfume do mel se sobrepôs a todo resto e, reconfortada, a mente pôde voltar à superfície.

Refez os caminhos daquela noite. O pai falara sobre as estrelas, distantes e imutáveis: o primeiro saber. Agora sentia o conforto do chá feito por ele, afastando-a das sombras: o segundo saber.

— Eu gostaria algum dia de ir para a universidade — disse, a fala inesperada até mesmo para ela.

O pai abriu um sorriso triste e respondeu apenas:

— Acho que você seria uma grande cientista.

Priti sentiu o coração naufragar no mar revolto das verdades pontiagudas daquele mundo. Meninas serviam como esposas, para criar filhos e cuidar de casa. Nenhuma seria aceita na Grande Universidade de Astan e muito menos alguma tinha chance de se tornar uma cientista.

O pai sabia, assim como o mundo inteiro sabia. E ela também sabia. O conhecimento tão universal: o terceiro saber.

A

Alexander Terrasini desmontou do cavalo como um moribundo teria feito.

A mente nada registrava que não fosse a dor que o corpo sentia. As juntas se pareciam com coisas sólidas, de tal modo que a única postura que aceitavam era uma rigidez pouco natural, que negava às articulações qualquer possibilidade de se dobrarem. Naquele estado, o descer do animal foi uma sucessão de gestos desencontrados que o fizeram se precipitar em direção ao chão rápido demais. O resultado foi um choque que fez estremecer a visão por um momento.

Havia passado por muita coisa até ali, incluindo uma guerra que tornara o corpo forte e a mente resiliente além do que imaginava ser possível. Mas nada se comparava com a jornada até a Terra Perdida. A trilha que agora tentavam vencer se parecia com um ser senciente que, imbuída de vontade própria como era, deixava claro estar decidida a barrar o avanço do grupo.

O caminho começava em terreno plano rumando para o coração de uma floresta de sequoias. Enquanto observavam as árvores se erguer a alturas impossíveis, os troncos colossais alicerçando o próprio céu, consolidava-se a certeza de que o mundo ordinário ficara para trás. A partir dali, entravam nos domínios da Terra Perdida.

Logo as majestosas formas deram lugar a bosques fechados de pinheiros, cujas copas obliteravam boa parte da luz do sol de tal forma que o diurno se transmutou em algo próximo ao noturno. E a noite, por sua vez, se tornou algo diferente. Nada do que Alexander pudesse se recordar era tão desprovido de luminosidade, tão entregue ao breu, quanto as noites da Absíria. Como se houvesse uma qualidade única ao ar dali, que sugava toda a luz existente. O efeito sobre os homens da caravana era variado: a maior parte se entregava a maus presságios e passava o tempo encolhida, refém do próprio medo; outros, tal como ele, reagiam de modo distinto.

Alexander sorvia a quietude e mirava o mar de estrelas que escorria entre as copas das árvores. A estranha paz afugentava os pesares do mundo, tornando a mente mais límpida e dona de si. Era como se o mundo todo fosse separado do divino por grossas camadas de tecido. Mas ali, na Terra Perdida, tais anteparos inexistiam.

No segundo dia o aclive se tornou mais acentuado, tornando o mero exercício de permanecer na sela uma provação. Testando limites de homens e animais em igual medida, a impressão era de que percorriam a estrada havia muitas eras, como criaturas amaldiçoadas condenadas a um vagar perpétuo, sem chegar a lugar nenhum.

Mas chegaram. O local não era o destino final da expedição, tornara-se de interesse do grupo por obra da necessidade e intervenção do acaso.

Alexander olhou ao redor e viu os demais membros da caravana em estado pior do que o seu: a maior parte jazia exausta, deitada no chão, dividindo espaço com as agulhas dos pinheiros. Deu um longo gole do cantil e foi então que o avistou.

O primeiro vislumbre que teve do mosteiro se parecia com o dorso de algum monstro. A criatura parecia repousar, sua substância enovelada no espaço entre os troncos dos pinheiros. Exibida aos recortes, a forma se desenhava por entre as silhuetas das árvores: uma superfície clara, tinta com o vermelho mais sutil que podia existir. Parecia lisa demais para ser feita pelas mãos do homem. Mas era.

Aproximando-se passo a passo, conduzindo o cavalo pelas rédeas, Alexander pôde ver que se tratava de altas muralhas de pedra clara. O espaço entre estas e as árvores era exíguo: a floresta cedera a contragosto àquele território. Foi contornando a estrutura, caminhando rente à face externa da muralha. Em algum momento sabia que encontraria a entrada.

O portão surgiu sobre a superfície da muralha logo após. As portas duplas de madeira, reforçadas com traves e rebites de ferro, achavam-se abertas. A partir da abertura, um caminho estreito corria em direção à floresta. Alexander presumiu que ele se uniria à trilha principal logo adiante. Se tivessem avançado apenas um pouco mais o teriam avistado e poderiam rumar direto para os portões. Mas não importava. Haviam encontrado o mosteiro de qualquer forma.

Olhou para trás, para confirmar que os homens o seguiam. Certo de que os outros encontrariam o caminho até ali, decidiu avançar. No limiar dos portões uma monja o observava, com os braços cruzados. Alexander não a havia avistado antes; tampouco escutara os sons da aproximação. Era como se ela estivesse ali, de braços cruzados, guardando aquela entrada, desde a infância do mundo.

— Senhor Terrasini — saudou ela em um tálico perfeito. — Dois dias atrás, sonhei com a sua visita. Estava à sua espera.

Em sua outra vida como estadista, duque de Sobrecéu talvez tivesse ignorado aquele tipo de presságio. Mas isso era a Absíria e Alexander já estivera ali. Muitas vezes.

— Senhora abadessa — respondeu ele curvando-se ligeiramente. — Dois dias atrás escutamos ao acaso uma história de viajantes. Essa narrativa tornou essa visita necessária.

— O universo se alinha. Nada ocorre sem uma razão. — Ela descruzou os braços. — Falemos disso sob o abrigo de um teto. Quantos no seu grupo?

— Somos quinze.

— Seus homens podem acampar no pátio. Para o senhor, reservei um aposento apropriado. As noviças levarão seus pertences.

— A senhora tem a minha gratidão. Vou instruir meus homens.

A abadessa permaneceu imóvel e Alexander entendeu que ela o aguardava. Encontrou o seu segundo em comando e transmitiu as ordens. Acampariam nas dependências do mosteiro. Os homens deveriam montar as barracas ocupando o mínimo de espaço possível nos jardins e sempre manter o tom de voz baixo ou, ainda melhor, permanecer em silêncio absoluto.

Outras monjas surgiram pelo pátio. Algumas trataram de levar os cavalos para um estábulo que podia ser visto junto da face interna dos muros. Outras se apressaram para empurrar os portões duplos do mosteiro. Alexander observou com atenção, enquanto elas erguiam e encaixavam em seus lugares as pesadas barras de ferro que serviam como trancas.

— Nos dias que correm é assim — disse a abadessa. — Nossos portões estão sempre fechados.

Alexander sabia que aquele não era o costume local. A maior parte dos mosteiros fechava durante a noite, mas permanecia aberta durante o dia para qualquer um que quisesse orar ou meditar.

— Há estranhos percorrendo as trilhas. Forasteiros em grandes bandos. Algo que nunca vimos antes — explicou a abadessa. — O senhor deve ter cuidado quando partir.

Ele assentiu, mas sabia que não era tudo. Havia algo a mais.

— Mas não é tudo — arriscou ele.

O rosto da abadessa se tornou ainda mais riscado pelas rugas da idade.

— Não falaremos disso para os ouvidos do mundo. Conversaremos lá dentro.

Ela o conduziu em direção ao centro do terreno onde se erguiam as construções principais do mosteiro. A estrutura quadrangular do prédio principal, mais alta e de arquitetura mais elaborada, se sobressaía às demais: o topo do quarto e último andar despontava acima das copas dos pinheiros. Sobre cada pavimento se assentava o seguinte, que era sempre de menores dimensões. Os telhados também diminuíam, porém em menor proporção. O resultado singular criava amplas áreas sob as coberturas de bordos arredondados.

Alinhadas com os vértices do prédio principal, havia quatro construções de formato semelhante, porém muito menores. Múltiplos fios de onde pendiam pequenas bandeiras coloridas, ligavam todas as estruturas a partir dos andares superiores.

Seguiram em silêncio pelos corredores do prédio principal. Por cada janela aberta pela qual passavam, revelava-se um instantâneo do mundo lá fora: a quietude dos jardins, a presença onipresente da muralha e as árvores despontando acima. Tudo emoldurado pelo azul-escuro do céu da Absíria.

— Imagino que o senhor esteja interessado na nossa hóspede. Como ouviu a respeito dela? — perguntou a abadessa. O ritmo da caminhada era tão lento que Alexander precisava de um esforço consciente para se manter ao lado da monja.

O corpo inquieto reage à mente tempestuosa que trago do mundo lá de fora. Preciso reencontrar o centro. Estou na Absíria agora.

— Alguns dias atrás demos abrigo no nosso acampamento a dois caçadores da região.

— Os forasteiros os afligiam?

Alexander fez que não.

— Eles tinham avistado o bando, mas não era isso que os preocupava. São homens da região, conhecem melhor a floresta do que a si mesmos. Evitaram os forasteiros com facilidade.

A abadessa parou junto da abertura de uma janela. Os dois sabiam que o que viria a seguir pedia pela luz.

— Eram as sombras. Também as sentimos.

— Durante o jantar os dois contaram a sua história. Começou, segundo eles, alguns meses atrás. Primeiro surgiram os comentários: as mentes do homens se tornaram inquietas e agitadas; poucos eram bem-sucedidos no orar ou meditar. Depois, maus presságios encheram o cotidiano: animais morriam sem razão aparente; um regato de águas cristalinas se tornou turvo e sua água, salgada. Alguns afirmam que a lua passou mais de um mês sem aparecer no céu. Sob o manto dessa escuridão renovada, rumores de sombras se movendo nas florestas se multiplicaram. Pessoas começaram a desaparecer em vilarejos remotos.

— Temos relatos confirmados do avistamento de entidades. Por isso fechamos os nossos portões.

Alexander sentiu uma onda de espanto. Aquilo não podia estar acontecendo. Era muito cedo.

— Se eram mesmo entidades, as Sentinelas teriam soado o aviso. Estive no gabinete do reitor quatro semanas atrás. Como a senhora sabe, há uma Sentinela lá e ela estava silenciosa.

O olhar da abadessa era muito sério.

— Há aqueles que acreditam que as Sentinelas só funcionam nos domínios da Terra Perdida. Não deveriam ser removidas do solo sagrado.

— Já ouvi a respeito disso, mas entendo que não é consenso entre os estudiosos.

A abadessa retomou a lenta caminhada. Ainda tinham um longo corredor a vencer.

— Os caçadores certamente relataram o fim da história.

— Sim. Perguntei como podiam estar ali, em campo aberto, se existiam mesmo entidades à solta.

Alexander fez uma pausa involuntária. A narrativa ainda o atordoava.

— Eles afirmaram que, cerca de um mês atrás, tudo se resolveu. Como um peso que desvanece deste mundo, tudo voltou à antiga ordem e equilíbrio. Quase na mesma hora começaram as histórias a respeito da heroína. O que a senhora sabe dela?

— Por algum tempo não soubemos de quase nada. Ouvimos os mesmos rumores do que todos: a restauração da ordem foi obra de alguém. O confronto pode não ter acontecido na Terra Perdida. O evento talvez possa ter relação com um incidente que ocorreu na mesma época no Porto Seco de Astan. As histórias são tão numerosas quanto aqueles que as contam. Mas tudo mudou quando recebemos a visita desses mesmos caçadores.

— Eles nos descreveram como encontraram a velha morando sozinha em uma cabana em um local não muito distante daqui — disse Alexander. — Perceberam que ela não estava mais em condições de cuidar de si própria e decidiram trazê-la para o mosteiro. No trajeto ela mencionou um pouco da história da heroína. Perguntei detalhes, mas eles não sabiam.

— Eles não sabiam porque ela não contou.

Foi a vez de Alexander parar de caminhar.

— Por quê?

A abadessa parou e voltou-se para ele:

— Não sei se é apenas isso, mas em grande parte ela nos pareceu apenas senil. É muito idosa. Alterna um discurso muito coerente com momentos em que não faz nenhum sentido. Eu sinto muito. Entendo que era importante para a sua missão.

— Eu preciso conversar com ela de qualquer maneira.

Ela apenas assentiu. No fim do corredor havia uma porta aberta através da qual se chegava a uma pequena sala de leitura. Tanto as pequenas mesas de madeira, quanto os livros nas estantes, aguardavam em silêncio a chegada dos leitores. O local estava vazio.

— Por favor, espere aqui, senhor Alexander.

Alexander sentou-se à mesa localizada mais perto da janela. Através dela, via o mundo cheio de sombras que iam se alongando; a tarde envelhecia a passos rápidos.

Algum tempo depois, a abadessa retornou acompanhada por uma senhora idosa e por uma noviça. Alexander se levantou e cumprimentou a recém-chegada. Em seguida, se sentaram um de frente para o outro. A noviça deixou uma jarra com chá diante dos dois e partiu junto com a abadessa.

A anciã tinha a cabeça coberta por um xale de tecido claro. Emoldurava um rosto que parecia ter vivido muitas eras. Ela o estudou por um momento e disse:

— Eu o vi em meus sonhos. Sei quem o senhor é — disse ela em tálico.

Alexander surpreendeu-se mais com o idioma do que com o que foi dito.

— A senhora fala o idioma.

Ela assentiu.

— Trabalhei por muitos anos no sanatório das Filhas do Jardim, em Astan.

— A senhora sabe quem eu sou?

— O homem mais poderoso do mundo.

— Não me vejo dessa forma.

— E como o senhor se vê?

— Como um homem que tem uma missão. Uma tarefa a cumprir neste mundo.

Os olhos que o estudavam podiam estar embaçados pela idade, mas ainda retinham vestígios de alguma outra coisa. Havia algo a mais ali. Uma profundidade, um pesar que apenas o muito saber trazia.

Quem é esta mulher?

— Essa missão o trouxe até mim. Até a minha história.

Não era uma pergunta, e Alexander apenas assentiu.

— O senhor quer saber sobre a heroína. Aquela que nos deixou como legado o tempo.

— O tempo?

— Sim, senhor Terrasini. Ela nos concedeu o tempo de que o mundo precisa para se preparar para o porvir.

Alexander percebeu que estava com frio. Alcançou a tigela de chá e a tomou com as duas mãos, para esquentá-las. O gesto, de algum modo, o ligou ainda mais à velha.

— Qual o seu nome?

— Já tive muitos — respondeu ela. — Vou contar a história da heroína porque o senhor precisa escutar. Vocês dois têm muito em comum.

— O que temos em comum?

— Ambos são espíritos livres, ambos nasceram para cumprir uma missão...

Ela pousou as mãos sobre a mesa e inclinou o tronco para frente.

— E, para que o mundo viva, ambos precisam morrer.

S

Se o destino fosse o vento, não correria apressado. Não traria nuvens carregadas, apenas para depois levá-las para longe. Não sopraria pelos caprichos dos elementos; tampouco se acalmaria, como costumava fazer, para assistir à aurora.

Fosse o vento destino, esse escolheria por quem e por que soprar. Vigiaria as coisas do mundo, os feitos dos homens, o ir e vir de suas vontades e os voos de seus sonhos. Tal como tudo o que é importante, juntaria tudo em uma composição invisível aos olhos. A partir desta, faria o destino seu trabalho: para alguns, uma brisa; para outros, apenas tormenta.

Para a heroína, o trabalho do destino foi sutil, mas avassalador.

Deu-se quando ela tinha nove anos e teve a ver tão somente com cinco ovelhas. Os rumos do mundo se decidiram por aquilo. Nada de batalhas heroicas ou grandes feitos de grandes homens.

Apenas cinco ovelhas.

E aconteceu porque o destino, como vento que é, estava escutando. E estava escutando muito bem.

O vilarejo, embora pequeno, não ficava distante da trilha que cortava a floresta e rumava para o topo do mundo, no coração da Terra Perdida. Por isso, as notícias do grande mundo podiam tardar, mas nunca deixavam de chegar.

Os montanheses ouviram a respeito do domínio ocidental sobre Astan: a Cidade Sagrada agora tinha um governador celestino. Escutaram sobre a doença: a Febre Manchada varria cidades e nações, como o tempo varre as lembranças da mente que já se esqueceu de si mesma. Indiferente às coisas dos homens, matava da mesma forma ocidentais ou filhos de *Ellam*, homens ou mulheres, adultos ou crianças.

O medo tomou conta das pessoas e fez acordar nelas o gigante da sensatez. O zelador ordenou: forasteiros estão proibidos; barricadas devem ser postas na única trilha que levava ao vilarejo; dia e noite dois voluntários com arcos e flechas deviam se postar na barreira. A vida pedia socorro; se algum estranho recusasse à ordem de dar meia-volta, que fosse alvejado.

Mas havia entre os montanheses um tal de Amir Amal. Homem grande, de pequena estatura. Indiferente, exigiu o restabelecimento do contato da cidade com o mundo exterior. Não havia naquele local ninguém com posses, mas o comerciante que revendia para os viajantes a cobiçada lã da Absíria, possuía mais do que a maioria. Naqueles dias tinha cinco ovelhas transbordando com a preciosa mercadoria. E, influente como era, acabou obtendo o que queria: as barreiras foram levantadas e os voluntários no pórtico da cidade, dispensados.

A doença não pode ser assim tão grave, dizia o comerciante. Sem o comércio serão bolsos e barrigas vazias; nenhum homem de bem poderia concordar com aquilo, pontuava.

Ninguém ali que testemunhou o discurso do comerciante poderia ter sabido, mas aquele era o sopro do vento-destino.

Como já fizera àquelas alturas em metade do mundo, a doença entrou no vilarejo sem ser convidada. No primeiro dia havia doze doentes: seis adultos e seis crianças. Apenas uma das crianças permanecia viva, mesmo que apenas por um fio, no dia seguinte. Acabou morrendo, mas antes passou a doença para mais cento e vinte pessoas. Toda a população do vilarejo.

Entre os que morreram na semana seguinte estava Devi Kandel, amante dos livros e da ciência. Pai apaixonado. Amigo certo para horas incertas. Homem de sorriso fácil e modos gentis. Se fez mal para alguém, teria que ter sido em outra vida, não naquela.

E ali estava ele, o destino, outra vez, porque para a menina que perdeu o pai, tudo mudou.

Priti ignorava por completo qualquer tema ligado à religião.

Mesmo assim, a opulência do panorama que se descortinava diante de si era tanta, que ela se pegou imaginando se aquilo evocaria alguma imagem litúrgica em um crente. Como o paraíso celestial ou os portões do Jardim da Criação, talvez.

O pátio interno do palacete no topo da *riza*, o bairro mais rico de Astan, redefinia tudo o que ela achava que sabia sobre o assunto. A madrugada já envelhecia, mas o mundo ainda permanecia vestido de breu. A iluminação das muitas lanternas e lampiões, porém, banhava a tudo com um brilho alaranjado mais do que o suficiente para revelar os detalhes que importavam. Resplandeciam, em igual medida, piso e as colunas de mármore que encerravam o espaço fechado. Os caminhos ajardinados jaziam em relativa penumbra, mas, aqui e ali, achavam-se revelados por círculos de luzes coloridas que se deslocavam em um ritmo preguiçoso.

O efeito chamou a sua atenção e ela se desviou do caminho principal para examinar. Espalhados pelo pátio interno havia talvez uma dúzia de tartarugas. Sobre os cascos estavam presas lanternas encobertas por tecidos coloridos. À medida que elas vagavam pelo ambiente, viravam pequenos focos ambulantes de iluminação.

— Uma festa para gente rica — disse Abbo às suas costas.

Priti se virou.

— Chefe.

— Venha comigo.

Ela o seguiu por um curto trajeto até a extremidade oposta do pátio, onde cinco ou seis homens formavam um círculo fechado enquanto observavam algo no chão. Sabia que eram todos membros da *beetwa*, a polícia de Astan. A aglomeração ocorria junto à face de uma fonte ornamental. Contornaram a estrutura, enquanto Abbo mandava os oficiais se afastarem.

Assim que as silhuetas saíram do caminho, Priti pôde ver o corpo estirado no chão, as costas escoradas na fonte. Era um homem de meia-idade, com a pele morena e os cabelos escuros. Estava muito bem vestido com uma túnica de seda, e no pescoço trazia grossas correntes douradas.

— O dono da casa?

Abbo postou-se do lado dela.

— Sim. Hawid Dewar. Você conhece?

Priti sacudiu a cabeça.

— Não. Deveria?

— Talvez. Ele era dono da mais importante casa de chá aqui da *Riza*, além de vários outros negócios importantes. Tornou-se ainda mais rico nos últimos anos quando se aproximou de Alexander Terrasini e se tornou uma espécie de interface entre os celestinos e a sociedade oriental no que diz respeito aos negócios.

Priti se agachou ao lado do corpo. Identificou com facilidade o único ferimento que ele exibia: um grande corte de formato fusiforme, com as margens regulares e tintas de sangue. Tirando isso, não havia mais nenhum sinal de violência.

Ao lado do corpo, um livro estava aberto sobre o piso, com a capa voltada para cima. Ela o apanhou com cuidado para mantê-lo aberto no mesmo ponto. Examinou a página com dificuldade pela falta de iluminação adequada.

— O Livro de *Ellam*, versículo vinte e um, A Ira de Deus sobre os infiéis — disse Priti entregando o livro para Abbo. — O trecho mais popular do livro? — completou ela se levantando.

— O que você acha? — perguntou Abbo fechando o livro sem ler o trecho separado.

Priti encarou o chefe. A cabeça calva parecia reluzir à iluminação vacilante dos lampiões. Mas o semblante achava-se riscado por muitas rugas de preocupação e o cenho mantinha-se sempre franzido.

— Acho que vivemos em um equilíbrio instável, como todos sabem. Astan é o coração do Oriente e crê em *Ellam*. Mas é administrada por uma nação ocidental, que crê em uma religião diferente. Seria a receita perfeita para a repetição de um desastre que a história já viu muitas vezes. Seria, se não fosse pelo duque Alexander Terrasini e sua habilidade como político e homem de negócios. Ele ligou a nobreza e o clero a negócios importantes, e todos enriqueceram. Pessoas com os bolsos cheios tendem a reclamar e a se matar com menor frequência.

Abbo cruzou os braços.

— Então, o que deu errado para esse sujeito?

— Ocorre que o ódio religioso permanece lá, latente. Espera apenas a oportunidade para ressurgir.

— E, quando aparece, vem com essa fúria represada — completou Abbo apontando para o corpo.

Priti pensou por um momento.

— Sim, poderia ser obra das facções radicais, que acham que esse homem foi longe demais em sua amizade com os ocidentais. Mas não é.

Abbo descruzou os braços e ergueu uma sobrancelha.

— Não?

— Não. E você também desconfiava disso, senão não teria chamado a sua melhor investigadora numa hora dessas. Deixe eu adivinhar: o caso tem menos de uma hora e você já está sob pressão.

Ele fez que sim.

— Já recebi mensageiros de guildas de comércio, grupos religiosos e até mesmo do governador celestino de Astan, Guy de Basra.

Priti assobiou.

— Ele era tão importante assim?

— Você não escutou? O homem era próximo de Alexander Terrasini, o senhor supremo de tudo o que você vê — disse ele gesticulando em direção ao pátio da residência. Mas ela sabia muito bem que ele se referia ao mundo lá fora e não apenas àquele local.

Priti deu um passo na direção do chefe.

— Vou dizer o que eu acho que aconteceu. Quem o matou pretendia fazer com que se parecesse com um crime de ódio religioso.

— E por que não é? — perguntou Abbo.

— Os grupos radicais do *Ellam* estão sendo reunidos, pela primeira vez em muito tempo, sob uma liderança forte.

— Abdoula Abbas.

Priti fez que sim.

— Os rumores afirmam que ele está treinando um braço armado, as Facas de *Ellam*. Mas tudo isso é um fenômeno recente. Creio que ainda levará algum tempo até que esse tipo de movimento ofereça algum perigo real ao domínio celestino.

Abbo abriu as mãos como se não entendesse.

— As Facas de *Ellam* não têm competência para isso. Não por enquanto, pelo menos — explicou Priti. — Observe o ferimento: uma única estocada na altura do coração. É limpo e preciso. Além disso, foi feito por uma espada e não por uma adaga ou punhal.

— O assassino é um espadachim experimentado — concluiu Abbo.

Um homem de meia-idade, com uma espessa barba grisalha se aproximou. Abbo o apresentou:

— Esse é Hamil Khalid, secretário pessoal do senhor Dewar. Foi ele quem encontrou o corpo.

— Senhor Abbo, senhora investigadora — saudou ele.

— Sinto muito por seu mestre — disse Priti.

Ele fez uma mesura.

— Obrigado, senhora. O choque ainda é intenso, a mente se recusa a acreditar. Mas creio que meu dever para com o meu mestre não acabou. Desejo ajudar no que for possível.

— Foi o senhor que encontrou o corpo?

Ele assentiu.

— O encontrei ao redor da terceira hora. No início da noite tivemos uma recepção para associados e parceiros comerciais do mestre. Mas foi um evento pequeno e terminou cedo.

— Algum convidado ficou até mais tarde? — perguntou Abbo.

Hamil fez que não.

— Ao fim do jantar, observei pessoalmente os convidados partirem.

Alguns homens da polícia espalharam um rolo de tecido branco no chão, em preparação para a retirada do corpo. Priti afastou-se para abrir espaço. Os dois homens a seguiram.

— O senhor Dewar era casado? — perguntou Priti.

Hamil fez que não.

— A esposa do mestre faleceu muitos anos atrás, no surto de Febre Manchada. O mestre nunca tornou a se casar.

— Ele recebeu visitas mais tarde? — perguntou ela.

— Sim — respondeu Hamil. — A essas horas eu estava no escritório, examinando o livro de contabilidade do mestre.

Priti estranhou o horário.

— O senhor sempre faz esse trabalho a essa hora?

Ele assentiu.

— O mestre mantinha sempre junto de si um caderno de couro onde ele anotava todas as transações, acordos e negócios que ocorriam durante o dia. No fim da jornada de trabalho, era o meu dever examinar todas as entradas pertinentes àquele dia, para verificar se contas haviam sido pagas, dívidas cobradas e assim por diante.

— Atividades ligadas à operação da casa de chá? — quis saber Priti.

O secretário sacudiu a cabeça.

— Não apenas. Os negócios do mestre têm ramificações que vão muito além da casa de chá.

— Explique, por favor, exatamente o que o senhor Dewar fazia — pediu Priti.

— O mestre usava a sua extensa rede de contatos para atuar como um facilitador de negócios — explicou Hamil. — Astan é uma cidade imensa e existem muitos interesses, comandados por muitas pessoas diferentes. Isso sem falar em nossos parceiros no Mar Interno.

Priti achou curiosa a escolha da palavra "parceiro". O secretário indicava ser um homem prático, que tinha assimilado a presença ocidental, em vez de se revoltar contra ela.

Hamil continuou:

— O mestre colocava em contato pessoas com interesses complementares para concretizar negócios que seriam, de outra forma, impossíveis de acontecer.

Aquilo complicava as coisas. Se a rede de conexões de Dewar era grande, também tendia a ser extensa a lista de possíveis suspeitos.

— Como o senhor sabe que ele recebeu visitas? — perguntou Priti.

— Tive dúvidas a respeito de uma entrada em particular no caderno e desci até o pátio para verificar se o mestre ainda não havia se recolhido.

— E não havia? — perguntou Abbo.

— Não. Eu o vi conversando com um homem aqui no pátio. Falavam em voz baixa e ambos tinham os semblantes severos. Percebendo que se tratava de assunto sério, decidi não importunar o mestre e retornei aos meus afazeres.

— O senhor chegou a ver com quem o seu mestre falava? — indagou Priti.

Ele assentiu, solene.

— Sim, eu o reconheci. Era o homem santo, Abdoula Abbas.

Priti e Abbo se entreolharam. Ela alternou o peso de uma perna para a outra.

— E o que aconteceu depois?

— Algum tempo depois, quando terminei de auditar as transações do dia, deixei o gabinete e me preparei para ir embora. Foi nesse trajeto, enquanto cruzava o pátio, que avistei o corpo do mestre.

— Abbas havia partido? — quis saber Priti.

— Eu não o vi mais — respondeu Hamil. — Corri para dentro da casa, acordei os serviçais e ordenei que chamassem a polícia.

Priti sentiu os pensamentos se entrechocarem. Se Abdoula Abbas tinha estado lá, ficaria difícil provar a sua teoria.

— Obrigado pelas informações — disse Abbo.

Hamil repetiu a mesura.

— Por favor, encontrem quem fez isso.

— Faremos o possível — disse Abbo.

Hamil se preparava para partir, quando Priti lançou a pergunta:

— O senhor deu falta de alguma coisa na casa?

Ele interrompeu o gesto e retornou para perto deles. Tinha o olhar estreitado de alguém cuja curiosidade fora despertada.

— É interessante a senhora perguntar — respondeu ele. — Demos falta de um único item: o caderno de transações do mestre.

Priti sentiu a cabeça latejar. Estava exausta.

— Mas o senhor esteve trabalhando o tempo todo nele — observou.

— Isso é que é curioso — disse Hamil. — Estive mesmo. Se alguém o roubou, tem que ter feito isso enquanto eu encontrava o corpo do mestre.

Priti refletiu por um instante.

— Muito obrigado pelas informações, senhor Hamil. O chamaremos se tivermos mais perguntas.

Ele assentiu e partiu em direção ao interior da residência. Quando tinha se afastado o suficiente, Priti falou:

— Ele e o assassino não se encontraram por detalhe.

Abbo a encarou.

— Isso se ele não se tornar um suspeito. Você acha que pode ter sido ele?

— Não. Mas teremos de investigá-lo — respondeu Priti.

— Se você respondeu assim, quer dizer que prefere que outra pessoa faça isso.

Ela quase sorriu. Abbo conhecia como a sua mente funcionava.

— Sim, por favor.

— E você?

— Pela manhã vou comprar uma *tafta.*

Abbo ergueu uma sobrancelha.

— Vou visitar um homem santo — explicou ela.

P

Para a menina que perdeu o pai, o mundo se vestiu de cores mortas.

Era como se a doença que levou mais da metade da população do vilarejo tivesse afetado também todas as outras coisas, vivas ou não. Aos seus olhos, tudo definhou: o bosque que os rodeava virou um borrão descolorido; as montanhas que emolduravam os limites do mundo pareciam desfocadas, e a grama podia ser tomada por um mar de espinhos. Até mesmo o invisível se transfigurou: as coisas que sentia viraram uma reminiscência distante, como o rolar de um trovão que passa muito, muito ao longe.

Sentimentos viraram indiferença. A vida não vivida virou apenas uma coisa passada.

Sem parentes próximos, ela foi encaminhada ao mosteiro mais próximo, onde ficou aos cuidados da abadessa. Lá viu seus dias serem engolidos por uma rotina de estudos, trabalho e meditação. Mas, ausente de tudo como estava, pouco habitou no tempo presente.

Orando sem parar para o deus da revolta, tudo o que ela conseguia era criar confusões e brigas que pareciam não ter fim. As outras crianças que estudavam no mosteiro a evitavam, como alguém evita a própria peste. Aos poucos, a menina virava a morte e, tamanha era a fúria que ebulia dentro de si, que talvez até esta a temesse.

Mas a compaixão da abadessa era maior. Porque o amor, quando bem nutrido, faz da raiva um monstro patético, sem propósito ou substância.

A sacerdotisa viu nisso a saída. Escreveu para um monge de um mosteiro distante pedindo que ensinasse à menina a antiga forma de luta-meditação da antiga Absíria. Ele respondeu ao chamado e à menina também.

A ela parecia que estava aprendendo apenas a golpear e a se defender usando a força do outro. Era aquilo também, mas não só. Por meio daquela arte quase esquecida, a mente foi se livrando dos descaminhos, voltando a trilha do viver.

Aos poucos, muito aos poucos, a menina cresceu. E no crescer, se ligou aos outros, às coisas que a cercavam e à beleza do mundo. A dor pela perda do pai nunca se foi; em vez disso, virou uma cicatriz que sempre lateja quando se olha para ela. A marca ao mesmo tempo bela e feia: horrenda de se olhar porque causa dor, e bela porque conta a história de quem se é e ensina a sabedoria do que se foi até ali.

Sem a cicatriz não se é nada.

P

Priti rumou direto para o Grande Mercado de Astan.

Tomou o desjejum em uma casa de chá de frente para o *bharam*, enquanto esperava pela abertura do comércio. Assim que a aurora se instalou e o movimento de gente começou a aumentar, ela atravessou a rua e se embrenhou no labirinto das barracas do Grande Mercado.

Nenhuma religião ou crença fazia sentido para ela, mas, como investigadora da polícia, era frequente que tivesse que transitar pelos muitos mundos existentes dentro de Astan. E, em alguns desses, o fervor religioso corria intenso e a *tafta* enrolada na cabeça era indispensável.

Mas nenhuma das *taftas* que possuía era apropriada para se encontrar com um homem santo da importância de Abdoula Abbas. Por isso, investiu uma quantia substancial de dinheiro para comprar de um mercador de tecidos uma magnífica peça de tecido laranja-claro.

Priti enrolou a *tafta* sobre a cabeça enquanto deixava o Grande Mercado. Poderia ter sido impressão sua, mas achou que as pessoas passaram a encará-la de modo mais respeitoso: de estranhos, recebeu alguns meneios corteses como saudação, e alguns transeuntes abriram caminho para que ela passasse desimpedida pela aglomeração do mercado que, àquela hora, já se tornara intensa.

Ali, em Astan Setentrional, a parte antiga da cidade, o povo permanecia intensamente devoto a *Ellam*. Se, em algum momento, o frágil equilíbrio construído pelos celestinos se perdesse, a cidade se tornaria o maior caldeirão de ódio em ebulição da história.

Uma hora depois, percorria o bairro que concentrava as mais importantes Casas de *Ellam* da cidade. Identificou a construção mais imponente: um imenso palacete, com o topo abobadado tinto de roxo, flanqueado pelos quatro pináculos de oração.

Priti identificou-se no vestíbulo para um homem corpulento, que podia ser tanto um funcionário da Casa quanto um segurança.

Depois de aguardar por um longo tempo, foi convidada a entrar e conduzida até a nave. A ampla estrutura abobadada repousava silenciosa; à primeira vista, não parecia haver nenhum ocupante no ambiente. Em uma das paredes, grandes janelas retangulares revestidas por vitrais coloridos, filtravam a luz da manhã e enchiam o lugar com uma fraca luminosidade que lançava sombras multicoloridas onde quer que tocasse.

Assim que a visão se acostumou à meia-luz, ela viu um homem caminhando aos pés do longo altar que repousava em uma das extremidades da nave. Era muito alto e vestia-se com a túnica branca folgada dos *abdins*, os homens santos. Portando algo parecido com um incenso, com uma pequena brasa na ponta, ele acendia velas espalhadas sobre a longa mesa junto do altar central. Repetia o ritual despreocupado: alguns passos, uma pausa e algumas velas acendidas com gestos casuais, mas precisos. Depois repetia tudo. Atrás de si, deixava um pontilhado de pequenas luzes, como um tapete de estrelas numa constelação privada.

— Senhora investigadora, Priti Kandel — disse ele, sem se virar e antes mesmo que ela tivesse terminado de se aproximar. — Seja bem-vinda a esta casa santa.

Ele faz questão de deixar claro que estava à minha espera. A pergunta certa é: por quê?

— Senhor Abdoula Abbas, eu agradeço por me receber.

Ele se virou e a encarou pela primeira vez.

— A senhora não crê em *Ellam*, tampouco em qualquer outra coisa. A senhora não acredita em nada que não possa tocar ou examinar.

Priti foi pega de surpresa. O rosto longo, coberto pela barba grisalha, de Abbas era sério, mas o olhar trazia outra mensagem, aquela indecifrável. Por um lado, não era hostil, mas também não abertamente amistosa.

— O senhor tem razão, não creio em nenhuma religião. É assim tão evidente?

— Ao contrário da senhora, recorro ao que vejo com os olhos e também ao que *Ellam* me mostra por meio da minha fé.

Priti não resistiu à pergunta:

— E o que o senhor vê?

— Vejo a senhora enrolada numa *tafta* laranja.

Ela mordeu os lábios.

Há algo de errado com a cor!

— A cor é reservada às mulheres que estão gestando — prosseguiu ele. — Laranja é a cor de *Ti*, o deus das crianças. A tafta dessa cor é um pedido de proteção para a pequena vida que se inicia. Não creio que seja o seu caso. Estou correto, senhora investigadora?

Priti concedeu o ponto perdido.

— Não, senhor. Não é o caso.

Ele completou:

— O resto vejo com o coração: a senhora perdeu toda a fé há muito tempo. Eu gostaria de saber por quê, assim como gostaria da oportunidade de tentar mostrar novamente o caminho da espiritualidade.

Ele se virou para a mesa e, com um gesto suave, acendeu uma vela.

— Eu preciso perguntar qual o assunto que o senhor tinha para tratar com Hawid Dewar nessa madrugada.

Ele respondeu sem se virar:

— Estive com o senhor Dewar para fazer um apelo a ele.

Ele deu mais um passo seguindo na liturgia das velas. Priti o acompanhou.

— Que tipo de apelo?

— Como a senhora sabe, o senhor Dewar era muito próximo dos celestinos, e a chegada de Alexander Terrasini à Cidade Sagrada é esperada a qualquer momento.

Priti conhecia a história: sempre que o duque visitava Astan, sofria o assédio de lobistas dos dois lados - a sociedade tradicional e o clero da Cidade Sagrada de um e o interesse comercial dos celestinos de outro. As famílias mercadoras importantes de Astan mantinham-se em um equilíbrio instável em meio àquela dicotomia. Algumas eram muito religiosas e protestavam publicamente contra o governo do interventor celestino, Guy de Basra. Nos bastidores, porém, como ganhavam muito dinheiro com o comércio oriundo da Rota da Seda, operada por companhias de comércio de Sobrecéu, apoiavam o domínio ocidental.

Abbas prosseguiu:

— Temos informações de que o duque irá ceder a pressões de expatriados celestinos que moram em Astan e irá permitir que o governador Guy de Basra edite uma lei que fere diretamente os interesses do povo temente a Deus da cidade.

— Que tipo de lei? — perguntou Priti.

Abbas se voltou para ela outra vez.

— Sabemos que ele pretende abolir a obrigatoriedade do ensino religioso nas escolas e desobrigar as mulheres casadas a usar a *tafta* em lugares públicos.

Priti compreendeu o quanto o assunto era delicado. Se fosse verdade, a medida seria um golpe direto nos setores religiosos de Astan.

— O senhor pediu a intervenção de Dewar no assunto.

Abbas assentiu.

— O senhor Dewar foi muito receptivo às minhas preocupações.

Priti pensou por um momento.

— É verdade que movimentos ligados a interpretações mais rígidas do *Ellam* estão treinando um braço armado?

Abbas apagou a brasa na ponta do incenso com um movimento rápido de pinça dos dedos. Depois a encarou com o cenho franzido.

— Não há mais de uma interpretação do livro sagrado, senhora. Há a mensagem de Deus e esta é uma só. Mas a senhora precisa entender que pressões violentas geram reações violentas.

— O senhor odeia os celestinos?

— A senhora entendeu tudo ao contrário — respondeu ele. — Não posso odiar um homem por perseguir seus interesses ou por acreditar em um deus diferente do meu. Quem tem o meu sincero desprezo são os meus conterrâneos, aqueles que colocam em segundo plano a fé em troca de migalhas nos negócios.

Ele a observou de cima a baixo. Talvez a estivesse vendo de verdade pela primeira vez.

— De onde a senhora vem, o povo crê em deuses diferentes. Eu tenho um profundo respeito por essas crenças, assim como respeito a senhora e o seu trabalho.

— O senhor sabe quem pode ter assassinado Hawid Dewar?

A reação à pergunta interessava a Priti tanto quanto a resposta.

Abbas deu um passo na sua direção e pousou uma mão em seu ombro.

— Não sei, mas farei o possível para ajudá-la a descobrir. Tenho certeza de que nenhum filho de *Ellam* pode ter feito uma coisas dessas.

P

Priti perdeu o olhar no prato de comida recém-terminado.

A luminosidade que enchia a casa de chá vinha filtrada pela cortinas feitas de um tecido roxo translúcido. O resultado eram combinações de cores incomuns, que confundiam os olhos. O arroz com açafrão que restava parecia de um verde muito escuro e o chá de laranja com canela podia ser confundido com vinho tinto.

Mas não eram apenas as cores que se transfiguraram: sobre as coisas e os poucos ocupantes do lugar também pairava uma aura estranha, como se houvesse algo fora de lugar. E ela sabia que havia. Podia não ser uma pessoa religiosa, mas aquilo não a impedia de contar com uma intuição afiada.

Priti sabia que não se tratava apenas dos elementos óbvios: o assassinato de uma figura importante, ligada aos celestinos; a chegada do duque à cidade; o endurecimento dos conflitos religiosos ou mesmo a participação de um homem santo como Abdoula Abbas nisso tudo. Havia mais, muito mais. Alguma coisa muito importante estava acontecendo; algo sacudia as engrenagens do mundo e o descompasso oriundo disso se fazia evidente, quase audível no ar.

Abbo surgiu pela porta da frente e se dirigiu até onde ela estava sentada, junto de uma das janelas. Ele deixou-se cair na cadeira em meio a uma expiração ruidosa. Depois, como sempre fazia, passou as mãos na cabeça completamente calva e olhou para ela. Priti pensou pela milésima vez que ele não tinha mais idade para todas as pressões e inconvenientes que vinham com o cargo de chefe da polícia de Astan. Mas, então, recordou-se também de que ele não tinha mais para onde ir; viúvo e sem filhos, tinha no cargo o único refúgio de uma vida que aos poucos se esvaía.

— Você devia largar tudo isso — disse Priti não pela primeira vez.

Abbo perdeu o olhar na janela e depois tornou a fitá-la.

— Talvez você tenha razão dessa vez. E você também deveria partir.

Ela o observou com os olhos estreitados. Isso era novo.

— Nunca partimos porque somos iguais. Não temos para onde ir — disse ele. — Mas agora é diferente. Astan está mudando. O domínio celestino não pode durar para sempre. Cedo ou tarde Abbas, ou qualquer outro, irá ganhar poder demais. Quando isso acontecer, o domínio de Sobrecéu será confrontado e a cidade vai se tornar a sua própria guerra santa. Quando isso acontecer, independentemente do desfecho, as coisas ficarão ruins. E serão especialmente difíceis para quem não é daqui.

Priti absorveu as palavras em silêncio. Sabia que havia verdade nelas. Nem Astan, tampouco a situação dela na ordem das coisas, era estável. Por outro lado, se deixasse ambos, cidade e trabalho, para onde iria? O que faria?

— Isso tudo pode ser verdade. E pode estar mais próximo do que imaginamos. Mas é exatamente por isso que não podemos abandonar esse caso. Há algo em movimento aqui, Abbo, tenho certeza disso.

Ele apenas a encarou por um momento, o olhar atravessando-a, posto em algum lugar além da imagem dela. Por fim, com a postura mais relaxada, ele disse:

— Os rapazes foram até à casa do secretário.

Priti tinha cada vez mais certeza de que Hamil Khalid nada tinha a ver com o acontecido.

— Hamil trabalhava para Dewar desde os doze anos de idade. Antes disso, seu pai serviu ao pai de Dewar — prosseguiu Abbo. — O secretário era muito respeitado nos negócios de seu mestre e foi descrito como homem extremamente eficiente no que fazia. Era também muito bem pago por isso: Hamil Khalid possuía uma residência na *riza*. Tratava-se de um sobrado na parte mais baixa da colina, mas, ainda assim, considerado como parte do bairro. Não sei quanto a você, mas nunca ouvi falar de um empregado que tenha casa na *riza*.

— Ele tinha boa relação com o seu mestre, era respeitado e bem-remunerado pelo que fazia. Não foi ele — sentenciou Priti.

Subitamente, ela se deu conta:

— Espere um momento... Você falou dele no passado.

Abbo sinalizou para a atendente e pediu um chá.

— O secretário foi encontrado morto em sua residência.

Priti não acreditou no que ouvia.

— Céus, Abbo! Estivemos com ele horas atrás!

Abbo fez uma careta.

— O secretário foi morto da mesma maneira que seu mestre. Um único ferimento na altura do coração.

Priti pensou por um longo momento. Pouca coisa fazia sentido nesse ponto.

— O corpo de Dewar não exibia sinais de luta, ou de tortura. Ele não foi atacado para revelar alguma informação; ele morreu para que não pudesse compartilhar o que sabia.

Abbo fez que sim.

— E o secretário deve ter sido morto pelo mesmo motivo.

— E o que os dois sabiam converge para o livro de registro de negócios. Aquele que foi roubado — completou Priti.

Ela observou o chefe mais uma vez. O peso que trazia sobre os ombros era evidente.

— Há algo mais.

Quando a atendente deixou o chá sobre a mesa, o ambiente se encheu com o aroma de hortelã. Abbo apenas observou o líquido antes de dirigir o olhar para ela:

— Fui convocado essa manhã ao palácio de governo.

Priti foi pega de surpresa.

— Você falou pessoalmente com Guy de Basra?

Ele fez que sim.

— O governador foi evasivo nas razões, mas deixou claro que estamos diante de uma situação... vou parafraseá-lo: "potencialmente explosiva caso não seja bem administrada".

Priti afastou o prato que tinha diante de si e pousou os cotovelos sobre a mesa.

— A visita de Alexander Terrasini.

— Isso também — respondeu ele. — Mas há algo mais.

— Ele falou a respeito?

Abbo sacudiu a cabeça.

— Não foi nada que ele tenha falado sobre a situação em si, foi mais o que ele disse a respeito da condução do caso.

Priti franziu a testa:

— Como assim?

Abbo também afastou o chá diante de si e cruzou os braços sobre a mesa.

— Ele disse que eu preciso resolver isso com a máxima rapidez e que estou autorizado a usar qualquer meio necessário. Inclusive contornar o próprio magistrado, se for preciso.

Priti recostou-se na cadeira, uma das mãos ainda repousando na mesa. A noção do tamanho daquilo se cristalizava cada vez mais. Também sabia o que aquelas ordens para "contornar o magistrado" significavam: se a manobra obtivesse resultados, ótimo; porém, se provocasse problemas, a responsabilidade sempre recairia sobre Abbo. E sobre ela.

P

Priti deixou a casa de banho renovada.

Por alguns instantes podia até ter se esquecido de que havia dormido apenas algumas poucas horas na última noite. Os músculos haviam relaxado depois da exposição à água quente e o perfume das essências aromáticas trazia alguma paz e conforto.

Era como se não fosse apenas o corpo que tivesse se livrado das impurezas, mas também a mente. Enxergava as coisas com clareza agora. Sem perceber, haviam penetrado em um labirinto. Agora, presos nele, só existia uma opção: encontrar a saída. Relembrou a ordem de Abbo para contornar o magistrado se fosse necessário. A sua intuição dizia que era bem provável que chegasse a isso.

A casa de banho ficava próximo do local onde morava. Avançou em ritmo preguiçoso observando o movimento da rua. As casas do bairro eram todas muito parecidas: construções de dois ou três andares, sendo que no primeiro havia lojas com fachadas de vidro e, acima, a residência do proprietário. Várias tinham quartos ou pequenos apartamentos para alugar, e era em um desses espaços que ela morava.

O tempo permanecia encoberto e a umidade no ar parecia quase palpável. Apenas a temperatura, que agora se tornara mais amena, indicava que o inverno havia ficado para trás. Apesar do horário de fim de tarde, o ir e vir de gente na rua era tranquilo. Priti deixou a via maior e penetrou em uma viela, rumando na direção de casa. Antes, porém, passaria na agência postal, que ficava no caminho, para enviar a carta à abadessa. Repetia o gesto todo mês e, desde que chegara a Astan, dez anos antes, nunca deixara de enviar aquela correspondência.

Alguns instantes depois, foi colocada em alerta pelo som de passos ecoando no espaço confinado. Não era a primeira vez que era perseguida e tinha certeza de que não seria a última. Por isso, apenas prosseguiu, sem se virar, para transmitir a impressão de que não havia percebido nada. À medida que avançava, estudava a cadência das passadas. Aproximavam-se de modo óbvio. Quando julgou que tinha o perseguidor na distância correta, nem tão próximo que pudesse atacá-la e nem tão distante que pudesse fugir, ela se deteve.

Na mesma hora em que parou, deu meia-volta com um movimento rápido dos pés e sacou a adaga que sempre trazia na cintura. Ela vasculhou a viela e surpreendeu-se com o que viu. O homem que a perseguia se vestia como um noviço de uma casa de *Ellam*. Jovem, tinha o rosto transfigurado de pavor, os olhos cravados na lâmina da arma.

— Por favor! Por favor, senhora... — disse ele, as mãos espalmadas e voltadas na sua direção em tom de súplica.

— Quem é você? — instou Priti sem baixar a arma.

— Fui enviado pelo homem santo, Abdoula Abbas.

Priti surpreendeu-se com aquilo e baixou a arma.

— Fui incumbido de trazer uma mensagem para a senhora — prosseguiu o rapaz. — Desculpe se a alarmei. Recebi ordens expressas de ser discreto na hora da entrega...

Priti se aproximou do mensageiro.

— O que é?

Ele entregou um pequeno envelope pardo.

— É só isso? — perguntou ela examinando o envelope.

Ele assentiu, pediu desculpas por tê-la assustado e partiu desajeitado pela viela.

Priti abriu o envelope.

Em caligrafia firme e de traços rebuscados, havia três linhas de texto:

Samir Fadel
Rua Fahimi, 23 – sótão – Flor – Janela aberta
Caderno de couro

Perplexa, ela olhou para os lados em busca de algum olhar curioso. Se o bilhete fosse autêntico, significaria que estava recebendo ajuda direta de Abbas. O "caderno de couro" só podia se referir ao livro de transações de Dewar, e o nome e o endereço tinham que pertencer a quem o tinha roubado. E essa pessoa podia muito bem ser o assassino que procuravam. Precisava encontrar Abbo o quanto antes. Guardou o documento e retomou a caminhada.

A viela desembocava em outra rua movimentada. Priti atravessou a via e rumou para a agência postal. Como sempre fazia, enviou a carta para o mesmo endereço na Absíria. Sabia que tanto o tempo para chegar ao destino quanto a própria entrega da correspondência em si eram por demais incertos. Mesmo assim, aquele era um ritual que ela sequer cogitava em abandonar.

Assim que terminou, solicitou ao atendente um mensageiro. Apresentou-se para ela um garoto magro, que devia ter algo entre onze e doze anos. Ela pagou a taxa e o instruiu a entregar com urgência um bilhete na sede da *beetwa* para o chefe de polícia Abbo Ader. O garoto garantiu que estaria de volta com uma resposta em menos de uma hora.

Priti aproveitou o tempo para ir a casa e mudar de roupa. Voltou à agência postal na mesma hora em que o mensageiro retornava. Ele lhe entregou um envelope com o selo da *beetwa*. Ela o abriu e reconheceu a caligrafia de Abbo. Os traços eram nervosos e as letras pareciam colidir umas contra as outras. A mensagem não poderia ser mais sumária:

"*Contorne o magistrado.*"

Priti sabia o que aquilo significava.

A

A menina estava crescida agora.

E, como tal, queria o mundo todo para si.

Levando peso algum que não fosse ela própria, abandonou a velha casa. Os pinheiros, as encostas íngremes e os picos nevados da Absíria, tudo ficou para trás.

Mas o fardo que carregava, ainda que invisível aos olhos, encurvava aquela que o carregava. Não importa para onde fosse — e ela estivera em muitos lugares —, o peso sempre estava lá.

Como uma ferida mal cicatrizada, as dores pela perda do pai, pelas injustiças do mundo, somadas a tantas outras que ela foi colecionando pelo caminho, sempre a acompanhavam. Suas pegadas deixavam sulcos profundos na terra e a sua presença, uma impressão marcante.

Sem saber para onde navegar, nenhum vento a ajudava. Sem entender com quem queria estar, tinha todos e ninguém como companhia.

Dentro de si ardia uma fúria que ela pensava não existir. Uma inconformidade. Uma revolta. Um não pertencer àquele mundo.

Nos arredores de Harbin, numa das milhares de tabernas em que já havia estado, ela escutou a respeito dos homens que roubavam crianças e as vendiam para quem as quisesse comprar.

Era incapaz de descrever ou de compreender a chama que foi acesa. Se era um sentimento de identificação — pois a maior parte das crianças era órfã —, ou se se tratava de alguma outra motivação, não sabia dizer.

Mas o certo foi que, pela primeira vez, ela se achou imbuída de um propósito: combateria aqueles homens e seu comércio hediondo.

Em pouco tempo, reuniu um grupo de pessoas de confiança. Parceiros que o destino lhe havia apresentado. Gente que tinha uma longa história de cumplicidade com o tipo de narrativa que ela pretendia iniciar.

O problema, como ela logo descobriu, foi que o grupo rapidamente se tornou bem-sucedido demais em suas empreitadas. A cada nova investida, o bando de traficantes era dizimado e suas operações, desmanteladas. O sucesso dos caçadores de traficantes se tornou notório e muitos de seus feitos quase viraram lenda.

Tudo terminou num dia de verão.

A última operação acabaria sendo em uma fazenda perto de Harbin. Tinham informações de que no local um grande número de crianças vinha sendo mantida em cativeiro. O grupo lançou uma emboscada bem-sucedida e as crianças foram libertadas. Durante a ação, porém, por algum motivo ainda obscuro, a heroína matou o líder do bando de traficantes.

O problema se apresentou imediatamente: o morto era um homem poderoso, com conexões políticas cujas ramificações pareciam infinitas. Sua influência chegava a Astan e ia além.

Culpados foram necessários e, por outro motivo também obscuro, a heroína se entregou voluntariamente às autoridades. A situação era sombria: estava sendo acusada de homicídio e não faltavam testemunhas para incriminá-la.

Nesse ponto, outra vez, interveio o destino.

O chefe de polícia de Harbin, na época, era um tal de Abbo Ader.

A conexão entre os dois foi instantânea.

O chefe de polícia não podia ter filhos, e uma menina era tudo o que ele e a falecida esposa sempre haviam sonhado. A heroína, por sua vez, tinha perdido o pai. A criação de uma identidade complementar surgiu. Depois, nada mais importava.

Abbo ergueu montanhas e as assentou em outro local; secou rios cujo curso o atrapalhavam; enfim, moveu o mundo. No fim, conseguiu desviar a culpa da heroína.

Como prova viva da ligação entre os dois, a vida dela deu uma guinada. Outro propósito foi encontrado e ela se tornou membro da *beetwa*. Anos mais tarde, Abbo Ader foi apontado chefe da polícia de Astan. Quando ele chegou à Cidade Sagrada para assumir o novo desafio, lá estava a heroína do seu lado. Dessa vez, porém, como inspetora-chefe.

O

Os telhados de Astan se espalhavam como ondas de um mar revolto. Banhadas com o luar prateado, as cristas salientes se afastavam em sucessivas fileiras até onde a vista alcançava. Se fosse um monstro, Astan seria o maior deles. Era fácil se esquecer do tamanho daquela cidade.

Priti olhou para os pés. Os meios furtivos podiam ser seus velhos conhecidos, mas o vértice do telhado sobre o qual caminhava era mais estreito do que a maioria. Um passo mal dado era tudo o que bastava. A partir do topo, a inclinação da estrutura era tamanha que sabia que não conseguiria se segurar a tempo caso se desequilibrasse.

A madrugada jazia pesada e preguiçosa sobre a cidade. O silêncio era completo e apenas algumas poucas janelas tinham vida — as aberturas, pequenos quadrados de luz amarelada impressos contra as fachadas de pedra escura.

Priti se agachou por um instante. Precisava pensar. As casas de dois andares daquela vizinhança, pontuadas por águas-furtadas solitárias, eram todas iguais. Não seria difícil entrar na residência errada e pôr tudo a perder. Repassou as instruções que recebera e tornou a se levantar. Avançou a passos decididos por mais cinco ou seis casas e outra vez se deteve. Examinou a abertura do sótão da residência à sua frente, do outro lado da rua. A pequena janela estava aberta e, sobre o parapeito, um vaso repousava, a flor que ele continha, descolorida pelo luar.

O sinal. É ali.

Priti calculou o salto. Ganharia velocidade ao descer pela encosta do telhado e, no último instante, daria o impulso na calha. Poderia funcionar. Se a estrutura não cedesse com o esforço; se imprimisse velocidade suficiente; se alçasse voo no momento certo. Não se deteve na ruminação; tampouco deu asas ao medo: a circunstância retratava com perfeição a sua vida, onde o insabido sempre suplantava o sabido.

Sem pensar por mais um instante do que o necessário, prendeu a respiração e se precipitou telhado abaixo. Um, dois, três passos largos. Abaixo, a calha surgiu como um borrão, depois dela, o abismo. Pressentiu o momento certo e deu o salto. Por um átimo o corpo perdeu peso e se fundiu com a noite, a forma indissociada do breu. A liberdade era completa, como uma estrada ainda não trilhada; as possibilidades, infinitas.

Mas, tão rápido quanto viera a sensação, ela se foi e o voo terminou. Com um baque surdo, ela aterrissou no telhado do outro lado da rua usando mãos e pés para amortecer o impacto. Permaneceu imóvel por um longo tempo para se assegurar de que não havia chamado a atenção de ninguém. O mundo, porém, permanecia indiferente e a noite seguia silenciosa, atenta apenas à canção do luar, aquela invisível para a cidade adormecida.

Priti se aproximou da água-furtada, as costas coladas no telhado inclinado. Quando sentiu o limiar da janela com as mãos, girou o corpo e, num gesto rápido apoiado pelo braço esquerdo, projetou-se para dentro. Pousou no piso de madeira com outro baque. Ainda mais escuro do que lá fora, precisou de vários segundos para que a visão revelasse alguma coisa. Aos poucos, sombra por sombra, o ambiente foi tomando forma. O espaço era pequeno, quase apertado. A julgar pela escrivaninha junto da janela e pela estante de livros em uma das paredes, tratava-se de um gabinete.

Agora acostumada à penumbra, examinou a mobília com atenção. Correu o dorso da mão sobre o tampo da escrivaninha, sentindo o toque macio da madeira de qualidade. Pôs os olhos no retângulo desigual de luar que entrava pela janela, revelando um recorte do tapete que encobria o piso. Priti não era especialista no assunto, mas qualquer um que já tivesse caminhado pelo Grande Bazar de Astan, sabia reconhecer aquele tipo de tapeçaria. Talvez custasse o que um trabalhador comum ganhava em um ano inteiro.

Quem é esse Samir Fadel?

Tentou abrir as gavetas da escrivaninha e descobriu que várias estavam trancadas. Levou a mão à cintura em busca da adaga, mas percebeu que a havia deixado em casa quando trocou de roupa. Acabou tendo que forçar as gavetas, fazendo mais barulho do que gostaria. Encontrou apenas coisas de valor: dinheiro em espécie, pequenas caixas para joias e ações ao portador da *fara*, a bolsa de mercadorias e futuros de Astan. Ignorou tudo o que viu e prosseguiu com a busca. Na última gaveta encontrou o que procurava: o pequeno caderno com a capa de couro maltratada. Guardou o volume em um bolso interno do casaco e foi em direção à janela.

Priti percorreu o telhado até a lateral da residência e usou uma calha que corria verticalmente até o chão para descer ao nível da rua. Depois de se assegurar que mais uma vez não tinha sido vista, desapareceu pela viela mais próxima, engolida pela indiferença da noite de Astan.

Algum tempo depois, chegou à sede da *beetwa*. O prédio maltratado ficava em uma via que corria junto da margem norte do estuário. Quase em frente à entrada se abria a Ponte de Qom, que ligava Astan Setentrional à ilha de mesmo nome, onde ficava a Universidade.

A aurora deu o primeiro suspiro e o céu oriental começou a se pintar com a mais tênue luminosidade cinzenta. Antes de entrar no prédio, Priti parou por um momento para observar. Sob aquela meia-luz, os prédios da universidade se pareciam com imensos monstros adormecidos, solenes e silenciosos. Estes repousavam sobre algo ainda maior: a Ilha de Qom, com sua forma alongada, bem no meio do estuário, destoava das torres e cúpulas da cidade e também se parecia com alguma criatura viva.

A vida era cheia de voltas e descaminhos e aquilo acabara sendo o mais próximo que havia chegado da universidade. Mas também era verdade que a menina que sonhava em estudar as estrelas, havia muito que não existia mais.

Sacudiu a cabeça, como que para impedir que velhos fantasmas criassem raízes, e deu as costas à Ilha de Qom. Entrou no prédio e venceu corredores e um lance de escadas até chegar ao gabinete que ocupava no segundo andar.

O local estava entregue ao caos de sempre. Ela podia não ter se tornado uma cientista, mas o amor pelos livros foi a única coisa que jamais a deixou. Os livros ocupavam mais do espaço ali existente do que qualquer outra coisa, talvez com a exceção do ar que restava para se respirar. Os volumes estavam por toda parte: nas estantes que forravam as paredes, em pilhas oscilantes sobre a escrivaninha e espalhados sobre o chão, como se fizessem as vezes de um carpete. Priti desviou com cuidado para não pisar neles e sentou-se à mesa. A luminosidade crescia lá fora e entrava por uma grande janela retangular. Mesmo assim, acendeu um lampião sobre a mesa.

Na mesma hora em que as formas que a cercavam passaram dos azuis-pesarosos para os amarelos-vivos, ela o avistou. Marco Carolei estava parado em um dos cantos do gabinete; imóvel e com os braços cruzados, podia muito bem ter se passado por uma estátua. Priti detestava estátuas.

— Você me assustou.

Ele descruzou os braços e inclinou a cabeça para um dos lados, um trejeito que o identificava e que Priti achava um tanto sinistro.

— Não achei que você pudesse ser assustada.

Marco Carolei era o único celestino na força policial de Astan. Priti pouco sabia a seu respeito além do que era de domínio público: Marco era sobrinho de um mercador importante de Sobrecéu e havia usado as conexões que tinha para conseguir um cargo de investigador na *beetwa*. Segundo diziam, a nomeação tinha vindo direto do governador Guy de

Basra. Alguns rumores que circulavam afirmavam ainda que ele era um notório criador de problemas e que foi despachado para o estrangeiro pelo tio numa tentativa de se ver livre dele.

Marco se aproximou, tirou alguns livros do assento de uma cadeira e se sentou do lado oposto da escrivaninha.

Priti não tinha simpatia por ele. Achava o celestino ambicioso e dissimulado. Se estava ali era porque levava adiante alguma agenda privada.

— O que você quer, Marco? — perguntou ela. — Estou cansada e sem tempo.

Ele abriu um meio-sorriso.

— Sei que você e o chefe estão trabalhando num caso importante — respondeu ele. — Enfim, escutei alguns boatos e achei que devia compartilhar.

Priti não tinha tempo para aquilo, mas sabia que Marco Carolei era um assunto que precisava ser conduzido com cautela. Já enfrentava problemas suficientes com os colegas por ser uma investigadora mulher e por ser a protegida do chefe; não precisava fazer parte das maquinações do celestino. Por isso, não restava opção que não fosse escutar o que ele tinha a dizer.

— Boatos? De quem?

— Do chefe da governança do reitor.

— Como?

— Uns dias atrás, bebendo em uma taberna. Ele tem uma língua que se solta com facilidade.

Priti sentiu a cabeça dar voltas.

— Marco, é muito cedo para isso. Ou muito tarde. Não sei mais...

— Ele contou que Alexander Terrasini vem se encontrando com o reitor em diversas ocasiões.

Priti não resistiu e disse:

— E o que há de especial nisso? Seus conterrâneos têm domínio sobre a Cidade Sagrada. A universidade é importante no panorama geral das coisas. Preciso continuar?

— Todos sabem que o duque é fascinado pela Terra Perdida. Há muito tempo ele financia expedições e estudos a respeito do folclore da antiga Absíria.

Priti bocejou. Marco prosseguiu:

— A informação que esse chefe da governança soltou foi que o duque e o reitor estão desesperados em busca de alguma coisa. Algo que talvez possa estar em Astan. O duque deve chegar à cidade em breve para organizar uma nova expedição à Terra Perdida. Ao que parece, porém, se encontrarem o que estão procurando a expedição será cancelada e Alexander Terrasini retornará imediatamente a Sobrecéu.

Priti foi posta em alerta por uma centelha de curiosidade. Muitas semanas de mar aberto separavam Sobrecéu de Astan. O que poderia ser tão importante a ponto de fazer com que o duque chegasse à cidade e, na mesma hora, desse meia-volta e enfrentasse outra vez a longa travessia marítima?

— Como esse assistente do reitor sabe disso tudo? — perguntou ela.

— Ele está ajudando o reitor tanto na busca a esse objeto quanto nos preparativos caso o encontrem.

— Preparativos?

Ele assentiu.

— Fiz algumas perguntas por aí, dessa vez entre os meus conterrâneos — respondeu ele dando ênfase na palavra. — Alexander Terrasini, obviamente, viaja com um escolta marítima substancial. Caso ele ordene esse retorno antecipado, as instruções são para que a guarnição celestina na cidade seja mobilizada e a escolta seja triplicada em tamanho.

Priti percebia os sentidos se aguçando. Não sabia o que a colocava mais em alerta: as informações que Marco Carolei dava ou as razões que tinha para tanto.

Ele se levantou.

— Espero ter ajudado.

— Obrigada.

Marco estava quase na porta, quando ela perguntou:

— Como sabem que é um objeto que procuram?

Ele refletiu por um momento.

— Tem razão. Não sabem — respondeu e foi embora.

Priti se levantou, tirou o casaco e tornou a se sentar. Antes, porém, apanhou o caderno com a capa de couro do bolso interno e o colocou sobre a escrivaninha. Examinou o livro por alguns instantes e o abriu. Tal como o secretário havia descrito, cada página continha registros minuciosos de transações comerciais, pagamentos e valores recebidos. Tudo estava anotado com caligrafia clara e precisa. No rodapé de cada página havia uma rubrica que presumiu se tratar de um visto de aprovação do próprio Dewar.

Ela avançou até a última página com anotações e reconheceu a data: o dia anterior ao assassinato. Nela havia uma única notação:

Senhora da Tormenta
Capitão – Giancarlo Fermi
Cais 32 – Porto meridional de Astan
Valor: setenta e cinco mil dhins
Senha: Não há nada a temer, a não ser que você conheça a verdade.

Priti sentiu o chão perder a firmeza sob os pés. O valor da transação ocupou tudo o que havia em sua mente. Nunca ouvira falar em uma quantia daquela magnitude. Setenta e cinco mil *dhins*. Era provável que fosse suficiente para comprar dezenas de mansões como a de Dewar.

Ela se levantou e começou a caminhar a esmo pelo escritório, como se o corpo quisesse acompanhar as voltas que a mente dava.

Mesmo para um homem como Dewar aquilo era dinheiro demais. Ele não tinha como ter levantado uma quantia assim para uma única transação. A não ser que...

Priti olhou outra vez para o caderno aberto sobre a mesa. A resposta se materializou diante de si:

A não ser que os celestinos tenham pagado... porque Dewar encontrou o que o duque procurava...

P

Priti deixou o escritório determinada a encontrar Abbo.

Se o chefe não estivesse no prédio da *beetwa*, teria de iniciar um jogo de adivinhação, tentando imaginar onde ele poderia se encontrar. Começaria enviando mensageiros para a residência dele e para a casa de chá onde ele costumava tomar o desjejum. Mesmo que desse sorte, perderia um tempo que sabia que não tinham. Precisavam interrogar Samir Fadel, agora o principal suspeito, e ainda interceptar seja lá o que fosse que estivesse naquele cais de Astan Meridional.

Subiu as escadas aos pulos até o último andar, onde ficava o escritório, apenas para descobrir que Abbo não estava no prédio. Preparava-se para convocar o mensageiro, quando Marco Carolei irrompeu pela mesma escada por onde ela tinha vindo. Ele mantinha um meio-sorriso no rosto que, mais do que nunca, parecia fora de lugar.

— O chefe a convoca para uma cena do crime.

— O que houve?

— Um negociante da *fara* foi assassinado.

Priti congelou.

— Quem?

— Samir Fadel — respondeu Marco. — Você o conhece?

Priti levou um segundo a mais do que deveria para responder.

— Não.

E

Era a segunda vez que Priti visitava a residência de Samir Fadel em questão de poucas horas. A única diferença foi que, dessa vez, entrou pela porta da frente.

Confirmando a impressão que tivera ao examinar o gabinete, a casa deixava claro que Samir Fadel era um sujeito de posses. Priti recordou-se dos documentos que encontrou na escrivaninha: muitos eram contratos da *fara*. Dizer que alguém era operador da bolsa de mercadorias e futuros de Astan, porém, era algo por demais vago. Na *fara* negociava-se uma gama de mercadorias e serviços espantosa, e o sucesso individual dos operadores era igualmente variável.

Mas estava claro que Samir Fadel havia sido muito bem-sucedido no que fazia. A construção de dois pisos mais um sótão, padrão na cidade, normalmente era dividida entre dois ou mesmo três inquilinos. Ela mesma alugava uma água-furtada em um prédio de estrutura semelhante àquele. A diferença era que aqui havia evidentemente um único proprietário.

Priti encontrou o local fervilhando em atividade. No primeiro piso, onde ficava uma sala de estar, cruzou com uma dezena de rostos conhecidos: oficiais de rua uniformizados e investigadores à paisana. Todos estavam atarefados examinando o ambiente e poucos deram atenção à sua chegada.

Ela sentiu um leve puxão no braço. Virou-se e viu um mensageiro, um garoto de uns dez ou onze anos, fitando-a em silêncio. Priti providenciou uma moeda como pagamento e recebeu em troca um pequeno envelope selado. Em vez de abri-lo, continuou avançando pela sala de estar. Dirigiu-se na direção da maior aglomeração e, por entre as silhuetas dos homens, teve o primeiro vislumbre do corpo.

Veterana de mais de uma década nas ruas de Astan, Priti considerava que tinha testemunhado os piores exemplos da natureza humana e visto mais cadáveres do que podia contar. Se pudesse, preferiria que as recordações se desvanecessem, mas não podia, e por isso lembrava-se de cada um deles.

Nenhuma experiência prévia, porém, poderia tê-la preparado para o estado do corpo de Samir Fadel. Mesmo a certa distância e com o campo de visão em parte encoberto pelos homens em pé, a cena a pôs em choque. Ela deteve o avanço num gesto involuntário e levou uma das mãos à boca por um instante. Respirou fundo, tentando recuperar o olhar objetivo que sempre mantinha nessas horas, e tornou a se aproximar. Deu mais dois ou três passos, contornando o círculo de oficiais que se perfilavam em volta da vítima. À medida que avançava, mais um pedaço da cena se descortinava.

Primeiro avistou o rosto. Das feições humanas nada restava. Órbitas, nariz e boca eram crateras de limites cruentos preenchidas pelo sangue viscoso e enegrecido. Em seguida teve um vislumbre do tórax e abdome. Incontáveis ferimentos de tamanhos variados confluíam de modo a se parecer com uma única grande abertura, que corria desde o pescoço até o púbis. A perda de tecidos era tanta que parte das vísceras do abdome transbordava pelas bordas e se espalhava pelo piso.

Céus... Uma pessoa não pode ter feito isso... não com uma arma comum... Poderia ter sido algum animal?

Ela deu mais um passo e foi então que a avistou.

Ao lado do corpo repousava uma adaga de aspecto comum, com a lâmina pontiaguda. O cabo achava-se embebido de sangue. Com outra onda de choque percorrendo o corpo, Priti compreendeu o que se passava. Sabia que se se aproximasse o suficiente e examinasse a empunhadura, encontraria o seu nome gravado. Mas nada daquilo seria necessário.

Conhecia aquela arma porque era a sua adaga.

Olhou para a cintura, mesma sabendo que ela não estaria lá. Enquanto o fazia, percebeu o envelope do mensageiro esmagado na mão cerrada. Priti alisou a mensagem e a abriu com cuidado. Reconheceu a caligrafia de traços quase ilegíveis de Abbo:

Fique longe da residência de Samir Fadel.
Enviei alguém para ajudá-la.
Você vai reconhecê-lo. Não é daqui.
A.

Ela deu um passo instintivo para trás e esbarrou em alguém. Na mesma hora sentiu uma mão pousar no ombro. Priti virou-se e viu um rosto ocidental observando-a com um olhar de intensa preocupação. Tinha certeza de que não o conhecia, assim como estava certa de que ele não fazia parte da *beetwa*.

— Precisamos sair daqui — disse ele quase num sussurro.

Com a mente dando voltas ao redor de si mesma, ela pouco registrou do que fora dito.

— Agora — completou ele com a voz firme.

Ela olhou para a mão pousada no ombro e depois para o homem que havia falado. Na mesma hora ele retirou a mão.

Ele a encarou imóvel, como se aguardasse alguma confirmação de que ela havia compreendido. Priti assentiu e o seguiu em direção à porta da frente. Uma vez no lado de fora, apertaram o passo o máximo possível sem parecer que estavam correndo. Dobraram na primeira esquina que encontraram e na seguinte depois daquela. Assim que considerou ter se afastado o suficiente, Priti parou e perguntou:

— Quem é você? O que está acontecendo?

O estranho olhou em volta. Achavam-se em uma via secundária de um bairro comercial. As pequenas lojas com as fachadas de vidro estavam abertas, mas, àquela hora, o movimento ainda era tranquilo.

— Pode me chamar de Luca. Vim para ajudá-la — respondeu ele. — Quando ao que está acontecendo, parece bastante óbvio.

Por mais que parecesse, a mente ainda se recusava a acreditar.

— Armaram para mim — disse ela. — Alguém esteve no meu apartamento e roubou a minha adaga para plantar na cena do crime.

Um comerciante abriu as portas de uma loja próxima e começou a colocar mercadorias para exposição em uma prateleira de madeira montada na calçada.

Luca pareceu desconfortável, olhou para os lados outra vez, e disse apenas:

— Aqui não.

— Quem é você? — repetiu ela.

Ele apenas a encarou com o semblante ainda muito sério.

— Você é celestino. O que quer comigo? — insistiu ela.

Ele se aproximou um passo.

— Sim, vim de Sobrecéu e já disse: estou aqui para ajudá-la.

Nada fazia sentido.

— Preciso ir ao meu apartamento.

Pela primeira vez ele falou com uma voz que não era um sussurro:

— Não. Será emitido um mandato para a sua prisão e a sua casa será o primeiro lugar onde irão procurá-la.

Ela refletiu por um momento. Ele tinha razão. Seria convocada a prestar esclarecimentos a respeito da morte de Samir Fadel. Teria de explicar por que a sua arma estava na cena do crime. Além disso, agora haveria uma investigação e a sua incursão noturna à residência do operador da *fara*, cedo ou tarde, viria à tona. Quando uma coisa fosse unida à outra, ela estaria numa situação muito delicada, para dizer o mínimo.

Inferno! Como isso foi acontecer...?

Luca interrompeu o devaneio.

— Já trabalhei em outras ocasiões com o chefe de polícia, Abbo Ader. Precisamos encontrá-lo. Ele saberá o que fazer.

Priti vinha pensando a mesma coisa, mas a mente ainda não tinha voltado a si por completo e parecia difícil saber o que fazer. Além disso, estava desconfortável na presença do estranho. Por outro lado, se ele pretendia fazer algum mal ou entregá-la à *beetwa*, já tivera oportunidades mais de que suficientes para tanto.

— Podemos procurar Abbo na casa dele — disse ela por fim.

C

Cruzaram o estuário em uma barca de transporte comum. Escorados na amurada, os dois permaneceram em silêncio, enquanto a embarcação se arrastava pelas águas calmas. Dois tripulantes na popa impulsionavam o barco com o uso de longos remos. A coreografia que faziam era repetida em ritmo preguiçoso. Aos poucos, contornaram a Ilha de Qom e deixaram para trás os majestosos prédios com seus domos abobadados da universidade. No meio do estuário se viram cercados por centenas de embarcações de todos os tipos e tamanhos, percorrendo cada uma um caminho que parecia ser só seu. Muitas, tais como eles, cruzavam o estuário em direção ao sul, enquanto outras faziam o caminho inverso. As embarcações que navegavam ao longo do eixo maior do estuário, na direção oeste-leste, eram de tipos bem distintos: grandes galés mercantis, procedentes do mar aberto, rumando para os terminais marítimos de embarque e desembarque.

Durante a curta travessia, Priti observou o celestino se retrair em um silêncio impenetrável, marcado por um cenho franzido e por rugas de tensão que não deveriam estar ali. Tal como ela própria, Luca não era exatamente jovem, mas também estava distante da meia-idade. Trazia no olhar um pesar que não tinha como passar despercebido. Seus modos eram comedidos e o jeito de falar, calculado.

Imaginou alguém que já vira e testemunhara mais coisas do que gostaria. Muitas mais. Ela sabia bem do que se tratava; trazia consigo um acervo assim de lembranças. Considerou se, apesar das óbvias diferenças, não teriam mais em comum do que parecia.

Na parte final do trajeto, ela se viu estudando os rostos dos outros passageiros. Permaneciam todos indiferentes e ninguém pareceu dar importância aos dois. Quando ela dirigiu o olhar em direção à proa, as construções de Astan Meridional já assomavam diante deles, emolduradas logo atrás pelas muralhas do Palácio do Governo.

A parte sul da cidade era uma composição mais recente do sangrento mosaico de conquistas e reconquistas na eterna luta entre ocidentais e filhos de *Ellam*. As diferenças se ofereciam aos olhos: casas em estilo ocidental dividindo espaço com os prédios tradicionais e, principalmente, com os grandes Quintais, suas cúpulas despontando acima da confusão da grande cidade. Como mais um elemento que se introduz em um mistura já variada por si só, naquela parte da cidade era possível escutar tanto o tálico quanto a língua comum do Oriente.

No cais, desembarcaram atentos a olhares curiosos e seguiram apressados em direção ao labirinto de ruas de Astan Meridional. A residência do chefe de polícia Abbo Ader ficava em um bairro que se espremia entre o Palácio do Governo e os atracadouros de onde tinham acabado de desembarcar. A vizinhança ali era quase toda de servidores públicos e altos funcionários da cidade, que buscavam o local atraídos pela proximidade com a sede do governo.

Seguiram por uma ampla alameda, cortada por um canteiro central onde se enfileiravam cerejeiras. A via era uma artéria importante, seguindo em linha reta por mais algumas quadras até terminar aos pés da muralha do Palácio do Governo. Antes disso, porém, entraram em uma viela apertada que parecia serpentear sem rumo certo à medida que os conduzia para o coração do bairro. A residência de Abbo era fácil de passar despercebida. Ficava em uma esquina curva, onde a ruela encontrava outras vias de tamanho semelhante. O sobrado ficava oculto por altos muros pintados de branco, em parte cobertos por trepadeiras, que quase nada deixavam entrever da residência que se assentava no terreno.

Em uma das faces do muro, semioculta pelas trepadeiras, ficava um pequeno portão de carvalho reforçado com rebites de ferro. Priti bateu com força na madeira e não obteve resposta. Decidida a não perder mais tempo, girou a maçaneta e o portão se abriu.

Nos domínios do pequeno mundo privado do chefe de polícia, a luminosidade do dia parecia ter enfraquecido. A quase penumbra vinha dos muros que os encerravam e ainda da cobertura de uma grande cerejeira que dominava o espaço. Assim que fecharam o portão os sons do mundo, que já não eram muitos, se extinguiram por completo. Priti olhou ao redor enquanto avançava com passos cautelosos. O caminho calçado que percorriam ondulava até a entrada da varanda da casa, logo adiante. De cada lado, os canteiros para flores exibiam sinais de cuidados recentes: em alguns, mudas tinham sido recém- depositadas na terra; em outros, o solo continha pequenos buracos, prontos para receber novas flores. Por todo o lado havia apetrechos para jardinagem.

Priti sabia que as plantas eram o passatempo secreto de Abbo e que aquele pequeno jardim era o seu santuário. Avançou mais alguns passos, seguindo uma pequena curva que o caminho fazia. Do ponto de vista ligeiramente diferente, avistou um novo recorte da varanda e, logo depois, a porta da frente aberta.

A porta está aberta. Abbo está em casa.

Luca seguia em silêncio alguns passos atrás. Com o canto dos olhos, percebeu que ele relutava em avançar. Ela se virou por um instante. A postura do celestino havia se transformado. Ele parou de caminhar e apenas oscilava a cabeça de um lado para o outro, enquanto vasculhava cada canto do ambiente com um olhar atento. Priti tornou a olhar para frente, na direção da casa. Poucos passos a separavam dos degraus que levavam ao alpendre. Sobre eles, havia ainda outros apetrechos de jardinagem. Estes, porém, pareciam ter se derramado a partir de uma maleta de madeira situada mais acima.

Sem que ela pudesse explicar o porquê, sentiu o coração acelerar no peito, junto com uma urgência em ver Abbo. Como salvas de um relâmpago insistente em meio a uma tormenta, viu mil versões dela mesma percorrendo aquele caminho, em mil dias diferentes. Alguns se pareciam com aquele: uma manhã luminosa de primavera; as cerejeiras enfeitando Astan de tal maneira belas que era preciso reaprender o mero exercício de se olhar; outros pertenciam a verões escaldantes, a grama e as flores esturricadas pelo calor; havia os de outono, o mundo todo se voltando para si mesmo, embalado pelas folhas vermelhas que caíam e cobriam a todo o resto; por fim, nos de inverno, a luz enviesada do sol que não subia muito acima do horizonte, por vezes mal se fazia suficiente para transformar geada em orvalho.

Em todos aqueles dias estava à procura de Abbo. Em busca de conselho; de refúgio à inquietude da própria mente; de companhia; de palavras de conforto; de um amigo e mesmo da figura de pai, cujo papel ele nunca titubeou em fazer. O caminho sempre terminava nele. Encontrava Abbo em meio às flores, mãos e joelhos sujos de terra, ou apenas sentado na poltrona do alpendre na companhia de uma xícara de chá.

Ela deu mais um passo e avistou pedaços da porcelana de uma xícara sobre o piso do alpendre. A urgência se transformou em terror. Com a respiração suspensa ela engoliu o trajeto que faltava e os degraus do alpendre. Correu o pequeno espaço com o olhar, sem saber ao certo se estava pronta para o que poderia encontrar.

Mas acabou encontrando.

O corpo de Abbo jazia sobre o piso do alpendre, cercado por uma poça de sangue que ainda se expandia. Priti se precipitou na direção dele e se ajoelhou ao lado do corpo. A dor era tanta que a mente se desfazia, levando consigo as formas do mundo. Tudo perdeu o sentido. Onde estava? De quem era aquele corpo? Sentiu-se compelida a gritar com uma voz que não tinha. Grito para exprimir tamanha dor ainda não tinha sido inventado. Jamais seria.

Observou o corpo de Abbo desfocado pelas lágrimas. Os olhos estavam bem abertos. Ela se adiantou e os fechou. Ele jazia em uma posição instável, a parte superior do tronco escorada de forma desigual em um vaso. Ela o ergueu, retirou o vaso e deixou o tronco repousar sobre o chão. Como se ele ainda pudesse sentir dor ou algum desconforto.

Priti sentiu uma mão pousar no ombro. Levou alguns instantes para perceber que a sensação era dela; que era seu o ombro que recebia o toque. O que ela faria sem Abbo? Como isso podia ter acontecido?

— Eu sinto muito.

Ela olhou para cima. Luca a observava com um olhar de profunda compaixão.

— Sinto muito mesmo — repetiu ele. — Eu o conhecia...

As palavras dele foram engolidas pelo baque surdo de um golpe que expulsou o ar dos pulmões. Priti registrou apenas um vulto colidindo com Luca e sumindo do seu campo de visão. Registrou a explosão da guarda de madeira que cercava o alpendre se estilhaçando. Ela se levantou de um salto e viu Luca estirado sobre o solo do jardim.

Mas não estava sozinho.

Sobre ele se assomava a forma de um estranho. O homem tinha as costas largas, voltadas para ela. Um dos braços se elevou, revelando uma longa adaga. Priti agiu por instinto: mergulhou na direção deles com um impulso dado com ambas as pernas. Aterrissou com força nas costas do atacante com um choque violento que fez estremecer o peito dele. A mão da adaga perdeu a firmeza e ela voou para longe. Enrolou o braço no pescoço dele e projetou o corpo para o lado, para tentar desequilibrá-lo e tirá-lo de cima de Luca.

A manobra surtiu efeito e ambos tombaram para a direita, esparramando-se sobre o gramado. Por sorte o atacante trazia na cintura uma espada embainhada e o volume da arma fez com ele se levantasse desajeitado. Quando ele terminou de se pôr em pé, Priti já estava em posição — os ensinamentos do monge guerreiro, reminiscências da sua infância, havia muito que tinham se tornado parte indissociável dela —: pés formando a base larga, estável para o confronto; braços em movimento, prontos para qualquer coisa.

O estranho a encarou por uma fração ínfima de tempo. No calor da hora, ela registrou apenas um rosto riscado por muitas cicatrizes e olhos faiscando um tipo incomum de rancor.

Não é um assassino comum.

Ele soltou um grunhido de fúria e partiu para cima dela. Priti batia em seu peito e devia ter a metade do peso, se chegasse a tanto. Mas ela sabia o que fazer; era versada na arte de combate da Absíria. A técnica ancestral ensinava a deixar passar o inimigo e a sua energia negativa; a seguir, usava a mesma força usada por ele na sua carga, para levá-lo ao chão e imobilizá-lo, tornando irrelevante a sua superioridade física.

E foi o que ela fez. Quando o atacante estava quase sobre ela, girou um pé, sobre o outro que permaneceu fixo, e deslocou o corpo para fora da linha de ataque. Enquanto ele passava por ela, enfiou um braço por baixo da axila dele e correu a mão até a nuca. Ao mesmo tempo, com um dos pés, forçou as pernas dele a se aproximarem, de forma que a sua base de sustentação foi eliminada. Depois, usando o peso do próprio corpo, Priti o empurrou, e ele, quase sem impor resistência, foi ao chão. Enquanto ele caía, ela ajustou a prensa dos braços de modo que, quando a queda se concluiu e ele ficou de bruços sobre a grama, Priti estava montada sobre ele. Seus braços e pernas o imobilizavam por completo.

Porém, o porte do agressor contou a seu favor. Ele conseguiu liberar um do braços e a golpeou no flanco. O gesto foi desajeitado, mas, forte como era, foi suficiente para que ela arquejasse por ar e relaxasse parte do aperto. Ele não perdeu tempo, sacudiu-se com violência e, logo, Priti tombava para um dos lados.

Ambos se puseram em pé no mesmo momento. O agressor a avaliou por mais um instante; Priti estava novamente em posição. Ele titubeou. Deu um passo para trás, virou-se e disparou na direção do portão. Em fração de segundos, tinha sumido.

Priti foi até onde Luca estava deitado. O celestino tinha um rasgo nas vestes, na altura do ombro direito. O tecido se achava enegrecido pelo sangue em volta do ferimento, mas não parecia haver sangramento em profusão.

— Eu estou bem — disse ele tentando erguer o tronco para examinar o ferimento.

Ela o forçou a se deitar com ambas as mãos.

— Não se levante.

Luca se deixou cair na grama.

— Passou de raspão. Se você não tivesse saltado sobre ele...

Priti rasgou o tecido para ter uma visão mais clara do ferimento. Luca tinha razão: o corte era longo, mas não parecia ser profundo.

— Aquele homem... — disse ele.

— Não era um bandido comum — completou ela.

— Um mercenário — prosseguiu ele tentando outra vez se erguer.

Dessa vez ela não o impediu.

— Mercenários? Em Astan?

Ele conseguiu se sentar.

— Sim. Um mercenário do tipo mais perigoso. Me ajude a levantar.

Priti serviu de apoio, enquanto Luca se erguia com dificuldade. Quando ele terminou de se pôr em pé, falou:

— Precisamos sair daqui. Você e o chefe Abbo tinham algum lugar de confiança para se encontrar em caso de emergência?

Priti pensou por um momento.

— Sim. O sanatório das religiosas. Fica próximo do cais do porto de Astan Setentrional. Abbo e a administradora do local são amigos de muito tempo.

Eram muito amigos, pensou ela com o coração se torcendo no peito.

Ele franziu o cenho.

— Astan Setentrional? É perto demais da sede da *beetwa*.

— Você conhece a cidade.

Ele fez que sim.

— Não importa. Não temos escolha. Vamos para lá.

P

Priti cobriu o ferimento de Luca da melhor forma que pôde. Depois ganharam as ruas com um plano bem traçado: fariam a travessia de volta a Astan Setentrional longe da parte central da cidade. Conhecia o procedimento da *beetwa* melhor do que a própria mão e, àquelas alturas, era certo que as buscas teriam se intensificado. A ordem para sua prisão se espalharia por cada posto policial da cidade, levada por mensageiros rápidos.

A chance de ela ser reconhecida se reduziria se eles tentassem atravessar o estuário em um local menos movimentado. Para tanto, seguiram pela orla em direção a leste até chegar a um bairro de pescadores e pequenos comerciantes. Pagaram diretamente ao proprietário de um pequeno barco que encontraram em um dos atracadouros. O homem os aceitou a bordo e concluiu a viagem sem dizer nenhuma palavra. Priti sabia que aquele meio furtivo era muito usado pelos criminosos da cidade e, sem dúvida, não seriam eles os primeiros passageiros a contratá-lo para uma travessia discreta.

Prosseguiram com dificuldade, ambos abraçados, enquanto Luca se escorava nela em busca de apoio. Caminhando dessa forma, chamavam pouca atenção, pois se passavam com facilidade por dois amantes. Quando se aproximaram do destino, a manhã e parte de tarde já haviam ficado para trás.

O sanatório pertencia à congregação das Filhas do Jardim de Navona. Apesar do vínculo com a religião ocidental do Mar Interno, a instituição tinha boa reputação e gozava de respeito na sociedade de Astan. Operando de forma beneficente, o local começou prestando cuidados a doentes que não podiam pagar pelos serviços de um médico egresso da universidade e, ainda, a veteranos feridos na guerra. Nos últimos tempos, porém, a maior parte dos pacientes era composta por viciados na Nuvem.

A Nuvem era um problema que afligia praticamente todas as grandes cidades do Oriente e do Mar Interno. Barata, podia ser comprada por qualquer um, em qualquer lugar. Além disso, provocava o vício já na primeira ou na segunda vez que era utilizada. O resultado inevitável dessa combinação era uma legião de viciados que não parava de crescer. Muitos, como qualquer agente da *beetwa* sabia, se tornavam violentos. Outros apenas se reduziam a um estado de apatia, no qual eram incapazes de cuidar de si mesmos.

O sanatório era uma construção de formato retangular que ocupava uma quadra inteira. A fachada de pedra escura, maltratada pelo tempo, vinha pontuada por grandes janelas gradeadas que em nada ajudavam a melhorar o aspecto geral do lugar. O prédio só não era mais triste do que a vizinhança onde ficava. Situado a poucas quadras do cais de Astan Setentrional, o local se achava repleto de armazéns e depósitos abandonados, dividindo espaço com alguns poucos estabelecimentos comerciais.

Priti conduziu Luca pelas escadarias junto da entrada principal. Cruzaram portas duplas de madeira que se achavam abertas e penetraram em um hall de entrada. O aspecto do interior do sanatório não podia diferir mais de sua fachada. Para cada lado se abriam amplos corredores com um alto pé-direito. Todo o ambiente resplandecia com a ampla iluminação que entrava pelas janelas e encontrava piso e paredes revestidas por azulejos brancos enfeitados com mosaicos azuis.

De um dos corredores surgiu um mulher de meia-idade vestida com a bata cinzenta das Jardineiras. Ela avançou a passos rápidos, quase urgentes, na direção deles. Os olhos cravados nela estavam repletos de lágrimas, e Priti quase não reconheceu o rosto vermelho e inchado.

Assim que se aproximou o suficiente, ela a abraçou com força.

— Eu sinto muito — sussurrou em seu ouvido. — Sinto muito mesmo.

Priti deixou-se perder na intensidade do abraço por alguns instantes antes de se afastar.

— Obrigada, Pilar... sei que vocês eram muito próximos...

Ela se afastou, mas ainda mantinha ambas as mãos pousadas em seus ombros.

— Sim...

— Como você sabe? — quis saber Priti.

— Você teve sorte. Os oficiais da *beetwa* acabaram de partir. Estavam à sua procura — respondeu Pilar. — Acham que você matou Abbo.

Priti não recebeu a notícia como um choque completo. Era evidente que caía mais e mais em uma armadilha cuidadosamente planejada.

— Não é possível que tenham descoberto o corpo e já lançado uma busca em tão pouco tempo. Isso foi orquestrado — disse Luca colocando em palavras o que ela pensava.

Priti afastou-se um passo.

— Pilar, este é Luca.

A Jardineira o avaliou por um momento.

— Abbo me falou de você. Disse que viria. Você está escondendo um ferimento embaixo dessas roupas?

Ele assentiu.

— Vamos sair da entrada — disse Pilar. — Vou levar vocês para um local mais reservado.

Ela os conduziu através do pátio interno do sanatório até uma enfermaria no lado oposto do prédio. O quarto, segundo explicou, tinha passado por reformas e por isso ainda não estava pronto para receber pacientes. Acomodaram Luca em um dos leitos. Depois, Pilar tratou do ferimento: limpou o corte e o cobriu com um curativo apertado.

— Não sou médica e não é uma solução definitiva. Longe disso — disse ela. — Mas deve bastar por ora. Vou buscar algo para vocês comerem. Depois precisamos pensar no que fazer com você, Priti.

— Obrigada, Pilar.

Priti assistiu à Jardineira partir. A sensação era de estar vivendo um sonho ruim. Tudo o que se passava parecia estar sendo vivenciado por outra pessoa, e não por ela. Imaginava que Abbo entraria pela porta da enfermaria a qualquer momento. Traria consigo a postura disciplinada do velho soldado e a eficiência obstinada de sempre. Faria perguntas a ela e depois a encheria de informações relevantes ao caso. Juntos, esclareceriam a situação num piscar de olhos, como sempre faziam.

— Isso tudo que está acontecendo tem relação direta com a sua investigação — disse Luca, os olhos fixos nela. O semblante se suavizara. Pilar havia embebido a atadura do curativo em um unguento analgésico.

Priti puxou uma cadeira e se sentou ao lado dele. As pernas latejavam depois da longa caminhada.

— Eu agradeço por ter me alertado do perigo na casa de Samir Fadel — disse ela. — Mas preciso saber quem é você.

Luca desviou o olhar por um instante, como se a pergunta não tivesse resposta fácil. Em seguida, a encarou com um olhar que transbordava um pesar tão intenso que parecia quase sólido.

— Sou celestino, como você já sabe. Trabalho para o governo de Sobrecéu e estou em Astan em missão apontada diretamente pelo duque Alexander Terrasini.

— O duque tinha negócios com Hawid Dewar. Imagino que tenha interesse em elucidar o seu assassinato.

Ele a encarou com um olhar perdido. Na mesma hora Priti percebeu que o que tinha dito não fazia o menor sentido.

— O duque está vindo para Astan e você já estava na cidade. Vocês teriam que ter se encontrado meses atrás. Alexander Terrasini não tem como saber do assassinato de Hawid Dewar.

Luca assentiu.

— A morte de Dewar foi uma complicação, mas não de todo inesperada.

Priti ergueu uma sobrancelha.

— Por causa daquilo que Dewar procurava para o duque.

— Por causa daquilo que ele *encontrou* para Alexander Terrasini — corrigiu-a Luca.

E que estava registrado no caderno de transações de Dewar que ela havia roubado da casa de Samir Fadel. O mais provável era que, ao tomar posse desse caderno, ela tivesse, involuntariamente, frustrado os planos de alguém, colocando-se no centro dos acontecimentos.

— É algo muito importante e vocês sabiam que existiriam outros interessados.

Luca assentiu mais uma vez.

— O duque me instruiu a respeito disso. Disse para que eu estivesse pronto para tudo, que jogadores muito perigosos deveriam entrar em cena.

— Do que se trata?

Ele levou um segundo a mais para responder.

— Eu não sei.

— Quais eram as suas ordens?

— Recuperar o item obtido por Hawid Dewar e garantir a sua segurança até que o duque chegasse em Astan.

— O governador vai ajudá-lo.

— Tenho todo o apoio da Guarda Celeste na cidade, mas o assunto deve ser mantido no mais absoluto sigilo.

— E quanto a mim? É evidente que as outras partes interessadas nisso armaram essa cilada de dentro da *beetwa*. Não sei quem são essas pessoas ou o que procuram, mas tudo isso movimenta forças poderosas na cidade.

— Sim, há ramificações por toda a parte. O homem que matou Abbo e que você enfrentou é um mercenário treinado. Creio que seja uma Folha de Hamam.

Priti não acreditou no que ouviu.

— O lendário bando de mercenários? Operando em Astan? Isso é impossível.

— Não, não é.

— Céus! O que vocês estão procurando? Alguma arma do juízo final?

Luca anuiu, solene.

— Pelo que o duque me disse... algo assim.

Os dois permaneceram em silêncio por um longo momento.

— Sei que as Folhas de Hamam têm fama de serem violentas ao extremo, mas o que aconteceu com Samir Fadel... — disse Priti estremecendo ao se recordar do corpo estraçalhado, as vísceras derramadas sobre o piso.

Uma sombra encobriu o rosto de Luca e ele pareceu se encolher no leito.

— Aquilo... aquilo não foi obra de nenhum mercenário...

— Quem fez aquilo?

Ele sacudiu a cabeça e desviou o olhar.

— Eu não sei...

Os dois mergulharam no silêncio outra vez. Dessa vez, Luca quebrou a quietude:

— Quando Alexander Terrasini chegar a Astan, você ficará sob a proteção de Sobrecéu. Nada acontecerá a você. Eu prometo.

E depois? Exilada para Sobrecéu? Que vida seria essa?

Da forma como as coisas se encaminhavam, talvez não vivesse o suficiente para esperar pelo duque chegar à Cidade Sagrada.

— Você deve saber onde está esse item. Caso contrário não teria sido o alvo dessa armadilha — disse Luca.

Priti pensou por um momento. Por mais que ele ainda fosse um estranho, Luca era o único que parecia estar do seu lado. A alternativa seria tentar sobreviver, sozinha, às intrigas que a incriminavam na *beetwa* enquanto era caçada pelas Folhas de Hamam.

— Acho que, sem querer, interferi nos planos de alguém — disse ela. — Se metade das lendas urbanas a respeito dos mercenários for verdadeira, esses homens estão entre os guerreiros mais eficientes que existem. Gente assim não comete erros, Luca.

— O homem que nos atacou na casa de Abbo.

— Sim. Ele me enfrentou porque foi atacado. Assim que pôde, fugiu. Se me quisesse morta, eu não estaria aqui.

— *Nós* não estaríamos aqui — corrigiu-a Luca. — Mas o raciocínio só faz sentido se você sabe onde está esse item. Mas como você poderia...

— Eu sei onde está — interrompeu ela, sentindo com uma das mãos o volume do caderno de couro guardado em um bolso interno das vestes.

Luca arregalou os olhos. Preparava-se para falar, quando Pilar retornou trazendo dois pratos fumegantes de *pah*. O cheiro do arroz aromático afastou as sombras que encobriam o mundo, e Priti só conseguiu pensar em como estava com fome.

A

A decisão de partir em busca do endereço mencionado no livro de transações de Hawid Dewar não foi difícil.

Priti considerou que todo o jogo se voltara contra ela: era caçada nas ruas da cidade tanto por antigos colegas da *beetwa*, quanto pelas perigosas Folhas de Hamam. Conseguir o item que todos buscavam a tanto custo, seja lá o que fosse, parecia a única opção para obter alguma vantagem na disputa.

A busca era urgente: não tinham como saber se as outras partes interessadas não haviam obtido a informação por outros meios. Apesar disso, optaram por esperar escurecer para se aventurarem outra vez pelas ruas de

Astan. No restante do dia permaneceram sob o abrigo de Pilar no sanatório, enquanto Luca recuperava as forças.

A noite que se seguiu foi uma bênção para todos aqueles que prezavam o anonimato. A cerração começou a se formar, como costumava fazer, na passagem entre o estuário e o mar. Aos poucos, a neblina foi avançando em direção a leste, engolindo a cidade, pedaço por pedaço, ao mesmo tempo que se tornava mais espessa.

Quando Priti e Luca retornaram ao cais de Astan Meridional, fazia frio e a umidade do ar era quase sólida. A neblina se depositava, espessa, sobre todas as coisas, desfocando os contornos do mundo. Na baixa visibilidade, caminhavam fitando o chão. As pedras retangulares do calçamento, cobertas por orvalho, reluziam ao refletir a luz amarelada dos lampiões pendurados nos postes. Quando Priti tentou olhar para além da mureta que separava a calçada das águas do estuário, avistou apenas o éter leitoso da cerração. Na margem oposta, porém, algumas das cúpulas e pináculos mais altos se erguiam o suficiente para perfurar o manto que encobria a cidade. As formas iluminadas despontavam acima do cobertor da neblina, como se pairassem no ar, a cena parecendo pertencer a outro mundo e não a este.

Depois de uma longa caminhada, que os levou ainda mais a leste do que o ponto onde tinham feito a travessia do estuário naquela tarde, chegaram ao destino: o Cais 32, do Porto de Astan Meridional. Amarradas ao longo dos cais, se enfileiravam um grande número de galés mercantis celestinas. O local, Priti sabia, era um dos principais pontos de embarque da Rota da Seda, a lendária rota mercantil que leva as riquezas do Oriente para Sobrecéu. Para além dos armazéns e depósitos portuários que se espalhavam à sua direita, estava o bairro conhecido como Pequena Sobrecéu, a vizinhança de expatriados celestinos que cuidava da operação da Rota.

Prosseguiram com cuidado, atentos ao nome das embarcações. *A Senhora da Tormenta* surgiu algum tempo depois. Tratava-se de uma grande galé com dois mastros e bordos altos. O vulto da embarcação jazia silencioso e solene, semiobscurecido pela névoa. Nos cordames na popa duas bandeiras pendiam, inertes pela falta de vento. Da forma como estavam era impossível ver os emblemas que traziam. À meia nau, uma única prancha de madeira ligava o cais à embarcação.

Priti e Luca se entreolharam. O cais permanecia deserto e o navio parecia tão sem vida quanto era possível estar. Tudo em volta se achava entregue à penumbra: o poste de iluminação mais próximo se erguia a distância, o brilho do lampião pendurado nele não passando de uma mancha amarelada a tingindo a cerração. No navio, avistaram apenas uma tênue luminosidade escorrendo de uma janela no castelo de popa.

Avançaram pela prancha de embarque, cautelosos, cada passo arrancando um suave ranger da madeira. Priti percebeu o coração acelerado e os sentidos se aguçando. Mal podia conter a curiosidade crescente que se assomava dentro dela. Estavam prestes a pôr as mãos em algo que despertara o interesse de celestinos e orientais; alguma coisa que tinha ligação com ao menos três assassinatos e que havia movimentado uma quantia indizível de dinheiro. Seja lá o que fosse, sacudia Astan até as suas fundações.

Quando Priti colocou os pés no convés, porém, algum sentimento elusivo se misturou à antecipação. Jamais se considerara como alguém supersticioso; tampouco se mantinha ligada a qualquer crença espiritual. A cada passo que dava, porém, a sensação de estar conectada com algo além dela própria, aumentava. Em determinado ponto se fazia tão evidente que era impossível de ser ignorada. Nem mesmo por ela. Percebia uma presença no ar, como se, mesclada entre a noite e cerração, existisse uma voz. Soava tênue, quase inaudível. Mas estava lá e a chamava.

Sobressaltou-se com o vulto que irrompeu de uma porta no castelo de popa. Pertencia a um homem alto e corpulento. À luz amarelada que vinha do lampião que ele segurava acima da cabeça se desenhava um rosto ocidental, coberto por uma barba grisalha, mas não muito além disso. A voz grave e o tom cortante surgiram da mesma forma brusca, quase como se o precedessem.

— Quem são vocês? Quem deu permissão para subirem a bordo?

Tinha falado na língua comum do Oriente, mas, pela entonação, era evidentemente celestino. Luca se adiantou um passo e disse:

— Pedimos desculpas pela intrusão. Não vimos ninguém guardando a prancha de embarque e o nosso assunto é urgente.

O homem os avaliou com os olhos estreitados.

— Quem são vocês?

— Somos associados de Hawid Dewar. Viemos pela encomenda — disse Priti. — O senhor deve ser o capitão Giancarlo Fermi.

Por um momento ele pareceu ainda mais tenso, a testa franzida e o maxilar contraído. Quando tornou a falar, porém, o semblante se suavizou.

— Não quero ficar com ela por nem mais um minuto do que o necessário. Por que a demora?

— É para isso que viemos — respondeu Priti. — Tivemos um contratempo, mas está tudo resolvido.

O capitão baixou um pouco o lampião e gesticulou para que entrassem na cabine.

A porta por onde Giancarlo Fermi tinha surgido levava a uma cabine espaçosa que cintilava à meia-luz alaranjada dos lampiões pendurados nas vigas de madeira que cortavam o teto. No centro do recinto repousava uma mesa de madeira envelhecida, cercada por várias cadeiras desarrumadas. Nas paredes havia armários e prateleiras com utensílios para cozinha e uns poucos apetrechos náuticos. A julgar pela mobília e pela localização, devia se tratar de um refeitório para oficiais.

— Onde está a tripulação? — perguntou Luca.

Giancarlo Fermi afastou alguns mapas e pousou o lampião que carregava sobre a mesa.

— Dispensar toda a tripulação para a entrega fazia parte do negócio — respondeu ele com o maxilar ainda mais retesado. — Vocês deveriam saber disso.

Priti percebeu que o crédito deles com o capitão se esgotava rapidamente. Ele não continuaria jogando aquele jogo sem garantias adicionais.

— Eu tenho a senha — disse ela com a voz calma.

Giancarlo Fermi se sentou à mesa e encarou os dois em silêncio.

— Não há nada a temer, a não ser que você conheça a verdade.

Priti observou o capitão relaxar a postura pela primeira vez: os ombros caíram e ele deixou o corpo deslizar um pouco na cadeira. Com o canto dos olhos, porém, ela percebeu que as palavras tinham tido o efeito oposto em Luca: o celestino tinha o olhos cravados nela, a boca entreaberta em espanto.

— Velejo pela Rota da Seda há vinte anos, desde que vencemos a guerra — disse Giancarlo Fermi. — A frota mercantil de Sobrecéu navega escoltada pela Frota Celeste. Durante todo esse tempo nunca fomos abordados por corsários, e o mais perto que avistei um navio pirata foi como uma mancha distante no horizonte. Por maior que seja o prêmio em nossos porões, ninguém está disposto a se meter com a Frota Celeste.

Sem um convite para se sentar, Priti e Luca permaneciam em pé, observando o capitão. Giancarlo Fermi parecia ter se esquecido da presença deles e prosseguiu falando, sem olhar para ninguém em particular.

— Dessa vez foi diferente. Fomos perseguidos em cinco ocasiões durante a travessia. Os batedores da Frota foram se afastando, um a um, à medida que davam perseguição aos corsários. Eu me pergunto: o que é tudo isso? É a filha de um rei? Uma filha bastarda que o duque quer esconder?

O capitão sacudiu a cabeça e fitou os dois.

— Acho que não é nada disso. E acho que vocês também não sabem.

Priti assentiu, solene:

— Sim, senhor. Nosso trabalho é apenas pegar o item e levá-lo ao nosso empregador.

Giancarlo Fermi a encarou de modo estranho.

— Vocês realmente não sabem de nada.

Ele se voltou para outra porta, que ficava no lado oposto daquela por onde haviam entrado. Com o tom de voz se elevando um pouco, ele falou apenas:

— Venha.

Priti escutou o som suave de madeira rangendo, como se passos de alguém muito leve avançassem por uma escada que ela não podia enxergar. Aos poucos o som foi se tornando mais nítido, mas ainda não era possível discernir a origem: para além do batente havia apenas a escuridão de uma peça não iluminada.

Por um instante o som morreu. Priti manteve o olhar na direção da porta aberta, mas não havia nada para ser visto. Era como se ela tivesse apenas imaginado o ruído dos passos.

Sem nenhum aviso se materializou no vão da porta a forma de uma criança. Continuava sem produzir qualquer som. Permanecia apenas imóvel, os olhos bem abertos pousados em Priti, como se nada mais existisse.

Priti percebeu os sentidos tomados de assalto por uma tormenta. Os ouvidos se fecharam para o mundo e a visão se recusava a mostrar nada que não fosse a figura da menina. Era muito pequena e estava vestida com uma camisola longa, coberta por um blusão de lã feito para alguém muito maior do que ela, a barra pendendo folgada na altura dos joelhos, quase como um vestido.

O sentimento que se apoderou dela era tão inexplicável quanto avassalador.

Com o coração aos pulos, deixou-se levar pela sensação que se sobrepunha a todo o resto: uma noção de familiaridade. Era como se conhecesse aquela menina desde sempre. Não apenas como a filha que nunca tivera, ia além disso: por mais absurda que a ideia soasse, era como se a conhecesse desde muito antes de nascer.

Priti assistiu, impotente, à mente alçar voo, vagando para longe dos locais onde normalmente habitava. Era um ser racional, sua trajetória a fizera daquela forma. A intensidade do que a consumia agora, porém, punha à prova toda a sua natureza. Não sabia mais quem era. O pai de Priti teria tido palavras para explicar tudo aquilo: o terceiro saber, os conhecimentos ancestrais, ou algo assim.

Mas nada disso importava.

Crescendo dentro de si, ainda mais poderosa, veio uma ligação com a menina que sabia não podia ser refutada. Era maior do que ela. Muito maior. E era recíproca. O arranjo das coisas era tal que as duas se encontrariam naquela noite. Nenhuma força da natureza teria impedido isso.

Quando conseguiu unir alguma razão a tudo o que sentia, Priti percebeu que só restava uma coisa dentro de si: a obrigação que tinha para com aquela menina, seja ela quem fosse.

Priti avançou na direção da menina medindo cada passo. À medida que o fazia, a sensação era de que se aproximava de uma divindade. Ajoelhou-se diante dela e tomou as mãos miúdas nas suas. A menina a encarou com os pequenos olhos castanhos bem abertos. Apesar do olhar atento, parecia exausta. Sob os olhos pendiam profundas olheiras, e os cabelos encaracolados estavam duros de tão sujos.

— Qual o seu nome? — perguntou Priti na língua comum do Oriente.

Os olhos da menina continuavam postos nela como se não tivesse escutado a pergunta.

— Ela fala o tálico? — perguntou Luca para Giancarlo Fermi.

— Ela é muda — Priti escutou o capitão responder às suas costas.

Priti a tomou no colo e se levantou. A menina pesava menos do que nada.

— Qual o nome dela? — perguntou Priti se voltando para os dois.

Giancarlo Fermi se levantou da mesa e cruzou os braços. Era evidente que queria se ver livre deles o quanto antes.

— Não sei. Fui instruído a tratá-la muito bem e a não fazer perguntas.

Luca se aproximou, o olhar vidrado na menina. Tencionou acariciar o braço da criança, mas, por algum motivo, se refreou no último instante, como se não tivesse à altura do gesto.

— Onde vocês a apanharam? — perguntou ele sem olhar para o capitão.

— Em alto-mar, ao largo de Valporto. Nos encontramos com uma galé sem cores ou bandeiras, tripuladas por homens que se pareciam com corsários. Apenas recebemos a menina a bordo e seguimos viagem — respondeu Giancarlo. — Tudo foi arranjado pelos homens do duque, mas isso vocês já sabem.

O capitão recuou para junto da porta de saída da cabine, como se sinalizasse que o encontro tinha acabado. Priti pouco percebia do que se passava ao redor, só tinha olhos para a menina aninhada em seu colo, o rosto repousando em seu ombro.

Foi posta em alerta por três acontecimentos simultâneos.

Primeiro, a menina enrijeceu o corpo, alertada por alguma coisa. Os olhinhos saltavam nervosos pela cabine, como se vasculhassem por uma ameaça que só eles podiam identificar. Depois, Luca, de algum modo percebendo a atitude da criança, sacou uma adaga da cintura e se colocou em prontidão para a luta. Por último, desenhado contra o negrume da noite, surgiu a silhueta de um homem no convés, rumando em direção à porta da cabine.

Apesar de ele ainda não ter atingido o limiar da porta, onde havia iluminação, Priti percebeu que se tratava de um velho. Franzino e com a postura encurvada, ele se aproximava com passos vacilantes. Havia no movimento, porém, algo que inquietou Priti. Ele avançava sem fazer nenhum som, nem mesmo o mais tênue ranger da madeira do convés.

A criança tinha agora os olhos cravados no velho. Ambas as mãos agarravam e torciam o tecido das vestes de Priti, que podia escutar o arfar da respiração e as batidas descontroladas do coração no peito da menina. Estava apavorada.

— Priti, atrás de mim! — instou Luca se interpondo entre elas e o velho, quase no limiar da porta.

— Luca, é apenas um velho... — disse Priti, as palavras se extinguindo à medida que percebeu que o estranho que se aproximava também tinha os olhos fixos nelas.

Um arrepio correu por suas costas e ela deu um passo instintivo para trás. É apenas um velho perdido. Deve estar louco com a Nuvem... ou perdido...

— Acredite, isso aí não é nenhum velho.

Giancarlo avançou em direção à porta e berrou:

— Saia daqui, seu velho, quem disse que po...

Com uma velocidade que parecia impossível até um segundo antes, o velho deu um salto como se fosse um felino, atravessou voando o limiar da porta, e se projetou sobre o capitão. Com a violência do impacto, os dois foram atirados para trás e caíram de costas sobre a mesa. A explosão da madeira se estilhaçando fez Priti piscar os olhos por um instante. Tudo parecia estar acontecendo numa velocidade impossível.

Quando ela tornou a olhar para o que se passava, o velho e o capitão estavam engalfinhados no chão, sobre a mesa arruinada. Priti soltou um grito abafado e agarrou a menina com ainda mais força em seus braços ao compreender a cena.

Luca tinha razão. Aquilo não era nenhum velho. Não podia ser.

O velho tinha a boca bem aberta, muito mais do que parecia ser possível, exibindo fileiras de dentes pontiagudos como agulhas. De ambas as mãos brotavam garras afiadas, com as quais ele golpeava e estocava o rosto e o torso de Giancarlo Fermi. Horrorizada, Priti assistiu ao abdome do capitão ser dilacerado e seu rosto retalhado pelos golpes violentos que não davam sinais de se amainarem em função do cansaço. Todo aquele horror se passava embalado pelo urros guturais do capitão, os gritos emoldurados pelo som da carne sendo rasgada. O atacante, porém, se dedicava ao massacre envolto em um silêncio que nada tinha de natural.

Priti aninhou o rosto da menina em seu pescoço para que ela não precisasse testemunhar tudo aquilo. Na mesma hora, Luca gritou:

— A menina precisa encarar o velho!

Priti achou que não tinha escutado direito.

— Você está louco? Não vou obrigar uma criança a ver isso!

Luca torceu o tronco de modo que um braço tocou no de Priti, enquanto o outro, que empunhava a arma, seguia apontando a adaga na direção da carnificina.

— Assim que ele terminar, virá para cima de nós — disse ele, agora agarrando o braço dela com força. — É a nossa única chance — completou em tom de súplica.

Como se tivesse compreendido o que havia sido dito, a menina afastou o rosto de Priti e, aos poucos, se voltou na direção da luta. Quando ela encarou a cena por inteiro, Luca avançou e desferiu uma única, mas precisa, estocada nas costas do velho. O atacante deu um giro e agora olhava na direção deles, o olhar transbordando de fúria. No exato instante em que avistou a menina no colo de Priti, porém, ele se deteve, como que tomado por uma súbita paralisia.

Luca não perdeu tempo: saltou para frente e cravou a adaga com as duas mãos em um ponto bem entre os olhos do velho. O agressor passou a sofrer espasmos violentos de braços e pernas, que resultavam em golpes sem propósito ou direção. Mas um deles atingiu o tórax de Luca de raspão. Ele gritou e tombou para trás, deslizando pelo chão até perto de onde Priti estava.

Ela colocou a menina no chão e foi até ele.

— Luca!

Ele rastejou ainda mais para trás, para tentar se afastar da criatura, que se debatia.

— Vamos embora! — gritou enquanto se levantava desajeitado, usando como apoio as prateleiras de uma estante.

Priti pegou a menina pela mão e correu em direção à porta, seguida por Luca.

Disparou pelo convés sem largar a mão da criança. O terror agora a dominava por completo: o coração martelava no peito e a sensação era de que seria atacada pelas costas a qualquer momento.

Ela se virou para se certificar de que Luca a seguia.

— Você o matou?

Luca berrou em resposta:

— Não sei! Não podemos ficar para descobrir!

Venceram a extensão da prancha de embarque aos saltos e seguiram em direção à cidade, afastando-se dos atracadouros. Apenas depois de avançarem três ou quatro quadras, eles reduziram o ritmo da disparada. Priti soltou a menina e encurvou o tronco, apoiando as mãos logo acima do joelho. O peito ofegava, desesperado por ar. Luca e a criança se deixaram esparramar na calçada de pedra.

Um pouco afastados da umidade do estuário, Priti olhou em volta: a neblina ali havia se reduzido a uma névoa tênue. Em volta deles se revelava um bairro residencial com casas grandes e bem-cuidadas em estilo ocidental. Era a Pequena Sobrecéu e, àquela hora, as ruas se achavam desertas.

Quando tornou a olhar para a calçada, percebeu que o ferimento que Luca trazia na parte superior do tórax sangrava novamente.

— Você está ferido — disse Priti agachando-se do seu lado. — No mesmo lugar.

Ele assentiu. A princípio se sentara na calçada, mas o corpo foi deslizando e agora ele estava quase deitado.

— Não é nada. Não podemos ficar aqui.

A menina os estudava com um olhar aterrorizado.

— Quem é ela? — perguntou Priti.

Luca fez um esforço para tentar se levantar, mas desistiu.

— Aqui não.

Priti passou um braço em suas costas para ajudá-lo. Com o auxílio, ele conseguiu se pôr em pé.

— Não podemos ficar em terreno aberto — disse ele. — Há uma hospedaria aqui perto.

Priti sacudiu a cabeça.

— Vamos chamar muita atenção. Precisamos nos manter escondidos.

— Pelo contrário. Estamos na Pequena Sobrecéu. Uma família com um pai celestino, uma esposa local e uma criança pequena procurando hospedagem... é uma cena corriqueira — respondeu ele. — Além disso, você sabe melhor do que eu: a *beetwa* não costuma vir aqui. Existe um acordo tácito para que a segurança do bairro seja feita por homens da Guarda Celeste.

Priti entendeu que ele tinha razão. Com risco ou sem, a verdade era que não podiam seguir em fuga para sempre. Luca estava ferido e agora levavam junto uma criança pequena. Nenhum dos dois resistiria nesse ritmo por muito tempo.

— Já perdemos tempo demais — completou Luca.

Priti tirou o casaco e deu para ele vestir, de modo a encobrir o ferimento. O celestino os conduziu pelo labirinto de ruas até um ponto distante do bairro. O destino era um sobrado que, em contraponto com as casas da vizinhança, era todo em estilo oriental. Em um vestíbulo, logo na entrada, havia uma pequena mesa e, atrás dela, uma funcionária uniformizada os saudou com um sorriso.

— Boa noite, senhor. Buscam hospedagem para família? — perguntou em tálico.

A recepcionista era celestina e, tal como Luca previra, a presença deles não pareceu nem um pouco suspeita.

— Sim, por favor — respondeu Luca. — Nosso navio chegou há pouco e estamos exaustos.

— Claro, senhor. Os seus papéis, por favor.

Luca retirou de um bolso interno das vestes um pequeno livreto com a capa de couro. A funcionária o examinou e exclamou:

— Ah, um gerente da Companhia de Comércio Terrasini. Uma honra hospedá-lo e à sua família, senhor. Nada mais será necessário. A Companhia tem acomodações reservadas em nosso hotel.

Luca guardou os documentos e completou:

— Precisaremos de uma refeição quente para a minha filha.

— Certamente. Vou levá-los até o seu quarto.

A funcionária os conduziu através de corredores limpos e bem decorados até um pátio interno que lembrava uma versão menor e um tanto mais modesta daquele que Priti havia visto na residência de Hawid Dewar. O quarto ficava no lado oposto do jardim. Tratava-se de uma ampla suíte, com duas camas, e muito bem iluminada com velas e lampiões.

Mal haviam examinado o ambiente por completo e escutaram batidas na porta. Dois funcionários trouxeram um prato com uma farta porção de um *pah* amarelo e um espeto de carne de ovelha, além de jarras com água e vinho tinto. Priti serviu a refeição para a menina à mesa, mas temeu que ela fosse estranhar o tempero da culinária oriental. Instantes depois constatou que estava enganada: faminta, a criança devorou quase toda a comida em poucas colheradas. Depois, tomou mais água do que parecia ser possível caber no corpo tão miúdo e se dirigiu para uma das camas. À Priti pareceu que a menina tinha caído no sono no exato momento em que a cabeça tocou no travesseiro.

— Ela está exausta — disse para Luca.

— Essas travessias marítimas são cansativas para adultos. Não imagino que provação seja para uma criança desse tamanho.

Priti se sentou à mesa, serviu-se de uma taça de vinho e raspou o *pah* que havia sobrado. Quando terminou, disse:

— Imagino que, como gerente de uma Companhia de Comércio, você já tenha feito muitas travessias marítimas.

Luca a encarou por um momento, mas não respondeu. Apenas sentou-se na beira da cama onde a criança dormia.

— Não sei quem você é, mas sei que não é nenhum burocrata — disse Priti, as palavras saindo mais ásperas do que pretendia.

Ele suspirou. Talvez estivesse tão exausto quanto a criança que dormia ao lado.

— Sirvo à Fortaleza Celeste. Onde for necessário. Como for necessário.

Priti já vinha formando essa imagem dele.

— Um espião.

Ele fez uma careta.

— Não gosto dessa palavra. Parece alguém que vive de subterfúgios. Sou um soldado. Sirvo à minha cidade.

— Acho curioso quando vocês celestinos falam assim.

— Assim como?

— Como se o amor que vocês têm pelo lar fosse mais legítimo do que o amor que outros têm por seus lares.

— Não posso falar pelos outros — respondeu ele na defensiva.

— Não há nada de errado em amar o lugar onde se nasceu. Ocorre que aqui havia uma nação também.

Ele soltou um arquejo.

— Essa conversa outra vez? Aqui havia uma nação, é verdade. Mas antes da chegada do domínio celestino, essa nação era tão corrupta e malsucedida que as pessoas morriam de fome nas ruas. Isso sem falar nas guerras. Conflitos de todos os tamanhos e durações. Eram tão numerosos que o povo daqui desistiu da dar nomes a todos.

Priti cruzou os braços.

— Esse é o discurso-padrão do colonizador. A máxima que legitima qualquer conquista à força de uma nação pela outra: viemos para mostrar um caminho melhor; algo que vocês não sabem fazer sozinhos. O que havia em Astan antes podia estar longe do ideal, mas era o caminho dessa gente e não de algum conquistador estrangeiro. O caos e a desordem são o caminho necessário para se chegar a algum outro lugar.

Ele a olhou com uma curiosidade renovada.

— Foi assim com você? Chegou até aqui depois de atravessar caos e desordem?

Foi. Muito mais do que você possa imaginar.

— Você fala como se estivesse em território moral mais elevado, mas sugere que a antiga nação que havia aqui fosse deixada à própria sorte — prosseguiu Luca. — Poderia ter sido feito. Custaria a vida de mais alguns milhares de inocentes. O domínio de Sobrecéu trouxe paz, estabilidade e crescimento econômico. As pessoas daqui ganharam uma chance de reconstruir a vida delas e prosperar.

Priti tomou um longo gole do vinho.

— Essa é a estabilidade dos ricos sobre os pobres. Sempre a mesma engrenagem a girar. Nesse sentido concordo que o que Sobrecéu fez não muda muito o resultado das coisas. Não tivessem sido vocês, teriam sido os tassianos ou qualquer outro.

— Acredite, Priti: tivesse sido Tássia, teria sido muito pior.

Ela desviou o olhar dele e encontrou a forma da menina, agora profundamente adormecida. A visão da criança, de alguma forma, aquietou a mente. Percebeu as voltas sem sentido que estava dando. Tornou a olhar para Luca e encontrou o celestino em meio a uma careta de dor.

— Você está com dor.

— Não sabia que você se importava.

Ela deu de ombros.

— Não me importo, mas preciso de você inteiro para atravessar essa confusão.

Luca quase sorriu.

— Confusão é a minha vida.

Priti sentiu-se culpada. Luca não tinha feito nada até ali que não fosse ajudá-la.

— Eu fui grosseira.

— Tudo bem — disse ele. — Tudo bem mesmo. Você me lembrou alguém... ela também defendia as suas ideias com a mesma... paixão.

Priti se levantou e foi na direção dele.

— Não acredito que Abbo morreu. Parece um sonho ruim. Tudo isso é um pesadelo. E me sinto... furiosa.

O olhar que ele lhe lançou veio carregado de compaixão.

— Eu também já perdi pessoas importantes.

Ela o observou por um momento. Talvez o estivesse enxergando pelo que ele era pela primeira vez. Luca tinha um rosto bonito, sem barba, com traços delicados, quase femininos. Mas a sombra que encobria as feições era evidente até mesmo ao olhar menos atento. Priti pegou-se imaginando de onde vinha todo esse pesar.

— Vamos examinar esse corte.

Luca tirou o casaco e descobriu a veste na altura do ombro esquerdo. Por puro azar, o golpe do velho havia atingido o exato local do ferimento anterior. O curativo de Pilar havia sido arrancado e o corte propriamente dito estava inchado e porejava sangue. Priti apanhou uma toalha e entregou a Luca.

— Melhor apertar com força.

— Obrigado — disse ele recuando o corpo até se recostar na guarda da cama, ao lado da menina adormecida.

Ela percebeu que ele tinha o olhar posto na criança.

— Quem é ela, afinal?

Luca retornou o olhar, mas visivelmente a sua mente se achava em algum lugar distante dali.

— Você a observa como se ela fosse alguma divindade — completou Priti sentando-se na beira da cama ao lado dele.

Quando ele respondeu, tinha o rosto muito sério.

— O que você acha daquilo que nos atacou no navio?

Priti percebeu que o evento, apesar de recente, já se embaralhava na sua mente. Era difícil extrair os detalhes.

— Não sei... um louco... alguém vidrado na Nuvem.

Ele sacudiu a cabeça.

— Você sabe que não está fazendo sentido algum.

Priti tentou arrancar fragmentos de memória. Vieram apenas recortes desencontrados. A sensação inebriante de estar na presença da menina. O rosto do velho que não fazia nenhum som. O salto que ele deu. Dentes afiados. O corpo destroçado de Giancarlo Fermi no chão.

— Eu não sei...

— Você sabe, mas não consegue pôr em palavras. Nenhum de nós consegue. Vai contra tudo o que somos, tudo o que aprendemos — disse Luca sem desviar o olhar. — Para aceitar o que viu, é preciso antes se despir do que foi até ali.

Priti sentiu uma súbita onda de frio correndo dos pés à cabeça.

— Mas o que você está dizendo?

— Estou dizendo que você sabe o que viu.

Priti tentou colocar os pensamentos em ordem, mas as ideias insistiam em se entrechocar.

— O que eu vi?

Luca pronunciou as palavras pausadamente, como se concedendo o tempo que a mente de Priti precisaria para dar sentido a elas:

— Você viu um demônio. Foi isso o que você viu.

Priti se levantou e andou a esmo pelo quarto, como se isso fosse aquietar a tormenta que rugia dentro dela.

— Luca, essas coisas não existem — disse postando-se diante dele com os braços cruzados. — Sou da Absíria, lembra? Nem mesmo lá, que é a origem dessas histórias, as pessoas sérias dão crédito a isso. Criaturas de outros mundos... são crendice de gente ignorante.

Ele não se abalou.

— E se não for? E se ter desacreditado o folclore da Terra Perdida tiver sido um ato deliberado? Para desviar a atenção da verdade?

Priti se recusava a dar ouvidos àquilo. Não podia ser verdade. O mundo não funcionava dessa forma.

Não o mundo que conheci até hoje... e se ele mudou? E se eu estiver errada?

— Quem teria feito isso?

— Você perguntou quem eu era. É isso o que sou.

— Isso o quê? — Priti franziu o cenho.

O rosto de Luca era sereno ao proferir as palavras:

— Um caçador de demônios.

Ela não conteve uma risada abafada.

— Você não está falando sério.

— Me diga você: o que era aquela coisa?

Priti foi até a mesa, puxou uma das cadeiras para perto de Luca e se sentou.

— Não sei.

— Eu também não — disse Luca com o olhar perdido. — Como membros da Ordem, aprendemos que as entidades mais comuns, aquelas que devemos estar prontos para encontrar no futuro, são chamadas de *sik*. Trata-se de um demônio menor. Supostamente se apodera do corpo de alguém e ataca sempre que tiver a oportunidade. Mas não devem ir muito além disso. Aquela coisa...

— Aquela coisa tinha um propósito — completou Priti. — Estava seguindo um plano elaborado: atacou Samir Fadel em sua casa e depois nos rastreou.

Luca assentiu.

— Estou confuso. Preciso buscar orientação com a rede de informantes da Ordem. Algo está acontecendo que não estava previsto. Essa é a única certeza que tenho.

— Como vocês sabem dessas... coisas?

— Por meio de livros e pergaminhos que compõem a base de conhecimento da Ordem. Até onde eu sei, nenhum membro vivo do nosso grupo jamais avistou uma dessas entidades. Acredite: estou tão em choque quanto você. Para mim, era tudo teoria... pode não parecer, mas sou tão racional quanto você... faz parte da minha história pessoal. Por isso, uma parte de mim ainda duvidava — disse ele. — Mas avistar aquela coisa com meus próprios olhos fez tudo mudar. Agora, mais do que nunca, estou em paz com o caminho que escolhi e com a missão que tomei para mim.

— De que ordem você fala?

— A Ordem de Taoh.

Priti revirou os olhos.

— Taoh? A divindade da antiga Absíria? Vocês são o quê, um bando de lunáticos?

— A Ordem foi criada muitos séculos atrás pelo próprio Taoh. O folclore e a religião da Absíria ensinam que a Terra Perdida é ponto de convergência natural entre esse mundo e vários outros que existem.

Criadas certas condições, entidades de outros planos podem penetrar neste. A natureza dessas criaturas ecoa muito o que há por aqui; temos guerra, violência e sofrimento por toda a parte, por isso atraímos entidades com baixo padrão de vibração: espíritos malignos, emissários de terror e desesperança.

Priti não acreditava no rumo que a conversa tinha tomado, mas, mesmo assim, sentiu-se compelida a saber mais.

— E vocês combatem essas coisas?

Ele assentiu, solene.

— A Ordem é formada por homens e mulheres de todas as raças, nacionalidades e credos. São pessoas escolhidas cuidadosamente. Não basta saber lutar: os membros precisam ter uma vida dedicada ao aprimoramento espiritual e à busca do saber. Taoh liderou a primeira luta contra essas entidades muitos séculos atrás. Foi essa batalha que provocou a sua morte e levou à extinção da antiga civilização Absíria.

— Então eles perderam essa guerra?

— Não. Eles venceram. Caso contrário não estaríamos aqui agora.

— Por que eu nunca ouvi falar disso?

— Ninguém nunca ouviu. As atividades da Ordem devem ser mantidas no mais absoluto sigilo. Pessoas comuns não devem saber a respeito do esforço que é feito para manter o seu mundo como está. A nossa batalha é travada nos bastidores.

— Mas você disse que nunca tinha visto uma dessas coisas.

— É verdade. As condições necessárias para que essas criaturas de outros mundos entrem no nosso ocorrem muito raramente. Segundo os anais da Ordem, estamos nos aproximando de um desses períodos. É por isso que, depois de muitos séculos de vigilância, os membros da Ordem se preparam outra vez para lutar. Nosso momento chegou.

Priti se sentia cada vez mais confusa. Quando o mundo deixava de fazer sentido, recorria à sabedoria simples, mas precisa de Abbo. Com uma pontada aguda de dor, relembrou-se de que não podia mais contar com ele.

— E a menina? Onde ela entra nisso tudo?

— Faz parte do conhecimento mais básico da Ordem de Taoh. Na antiguidade, os membros da Ordem contaram com Taoh, que era uma divindade. Como faremos para lutar sem alguém assim?

Priti se recordou de como o olhar da menina fizera o velho se aquietar, de forma que Luca pôde golpeá-lo.

— A menina.

— As meninas — corrigiu-a Luca. — Os escritos antigos ensinam que, no próximo confronto, o dever de lutar recairá sobre os ombros de pessoas comuns. Mas elas terão ajuda: três crianças especiais, cujo nascimento foi tocado pela própria Visna, a deusa Absíria que deu forma a esse mundo.

Por mais que desejasse, Priti não podia lutar contra o que sentira na presença da menina. Havia algo ali. Sabia que o que experimentara no navio, na primeira vez que a tinha visto, não podia ser posto em palavras.

— Onde estão as outras duas?

— Não sabemos.

Quando ligou os pontos em sua mente, o coração deu um salto no peito.

— Espera um momento... Toda a operação para obter essa criança veio do topo... diretamente de Alexander Terrasini... Você não quer dizer que...

— O duque Alexander Terrasini é o líder da Ordem de Taoh — respondeu Luca.

Priti não conhecia pessoalmente o duque de Sobrecéu, mas sabia o que todos sabiam: era um homem prático e ambicioso, tão bem-sucedido como comandante militar quanto como estadista. Imaginar alguém assim, liderando um bando de lunáticos que acreditavam em histórias postas em pergaminhos antigos, parecia uma loucura completa.

— Você compreende, Priti? — disse Luca com o rosto muito sério. — Entende a importância do que estamos fazendo? Contra quem estamos lutando?

Priti não compreendia. Na verdade, pouco registrava do que era dito. Mas entendia que Luca levava aquilo muito a sério. Entendeu nesse instante o olhar de intensa obstinação que ele mantinha. Era alguém com um propósito; alguém que tomara para si uma missão e fizera dela a sua vida em detrimento de todo o resto.

— Há obviamente outras partes com interesse na menina — começou Priti, a voz tão baixa como se falasse para si mesma. — Os mercenários em Astan; estão à caça dela. Não apenas isso: se decidiram matar Dewar, era porque já davam o negócio todo como certo e o fizeram para impedir que outros também rastreassem a menina.

Luca assentiu.

— Faz sentido.

Encadear o raciocínio fez Priti retornar a terreno conhecido. Era o tipo de exercício que a mente estava acostumada a fazer.

— Tudo corria de acordo com o planejado até que eu coloquei as mãos no caderno de transações de Dewar.

Priti pensou por mais um momento e completou:

— A mensagem para invadir a casa de Samir Fadel era falsa. Abbo nunca me enviou aquela mensagem.

— Como você sabe?

— Já recorremos a esses subterfúgios antes. Pode ser difícil para você aceitar, mas isso aqui não é Sobrecéu. Temos corrupção disseminada na magistratura e mais ainda na própria *beetwa*. Às vezes, cruzar uma linha para obter uma prova significa não deixar escapar algum criminoso. Ainda assim, refletimos muito antes de fazer algo assim. Dessa vez foi muito... intempestivo. Eu não percebi na hora, estava exausta e havia muito acontecendo ao mesmo tempo.

— Quem poderia ser?

Priti não precisou pensar na resposta.

— A mesma pessoa que me indicou o nome de Samir Fadel.

— Quem?

— Abdoula Abbas.

Luca franziu o cenho.

— Isso é novo. Não faço ideia de como alguém como Abdoula Abbas se encaixa nisso tudo.

Priti sacudiu a cabeça.

— Eu também não.

— E quanto à *beetwa*? — perguntou Luca. — É evidente que há alguém lá observando seus passos.

— Marco Carolei. É um celestino em quem poucos confiam. Uma criatura cheia de ardis e ambição. Nunca escondeu que deseja o cargo de Abbo. Ele deve estar metido até o pescoço.

— Ele seria capaz de articular o assassinato de Abbo?

— Pelo que sei dele, creio que sim. Os mercenários nunca estão por conta própria, há sempre um contratante. Marco Carolei deve estar ligado a essa pessoa ou a esse grupo. — respondeu Priti.

— E há ainda outro lado nessa história.

Priti sabia aonde ele queria chegar.

— O velho que nos atacou no navio.

— Sim — disse Luca. — Se pensarmos que ele também está atrás da menina, faz sentido ele ter atacado Samir Fadel.

Priti levou as mãos à cabeça.

— Aquela coisa está refazendo nossos passos.

— Sim. E, cedo ou tarde, o corpo de Giancarlo Fermi será descoberto — disse Luca.

— Mas não vão encontrar a menina, logo irão imaginar que estamos com ela — completou Priti. — Estamos sendo cercados por todos os lados. Precisamos deixar Astan.

Luca sacudiu a cabeça. Quando o fez, seu rosto se torceu numa careta. Era evidente que a ferida o estava incomodando.

— Precisamos esperar pela chegada de Alexander Terrasini. Quando ele souber que temos a criança, nos dará toda a proteção.

— Não viveremos tanto. São as Folhas de Hamam nos caçando — pontuou Priti. — Isso sem falar naquela coisa, que não sabemos se está viva ou morta.

— Não creio que eu a tenha matado — disse Luca.

Priti percebia o corpo à beira da exaustão, mas a mente compreendia o perigo que corriam.

— Quais eram as suas ordens em Astan?

— Iguais às de todos os membros da Ordem. Rastrear as crianças a qualquer custo.

— Não faz sentido. Como saberiam que estão diante dessas crianças ditas especiais?

A ferida de Luca voltou a sangrar. Ele levou o braço direito até o ombro esquerdo e comprimiu o ferimento com força.

— Nós as conhecemos como *fahir*. Em primeiro lugar, essas crianças são mudas.

— Não é o bastante. Há milhares de crianças mudas soltas pelo mundo — interrompeu Priti.

— Sabemos que elas têm uma ligação muito especial com uma pessoa específica, que tanto as protegem quanto, de algum modo, as compreendem.

Priti sabia o que viria depois.

— Eu vi a ligação entre vocês no navio, na primeira vez que se encontraram — disse Luca. — Naquele momento compreendi que, apesar do ataque do demônio, tudo estava correndo como deveria. Era para vocês terem se encontrado.

Priti se levantou num ímpeto. Não conseguia mais aquietar o corpo.

— Eu sinto muito, Luca. Entendi que vocês levam tudo isso muito a sério, mas para mim... não faz sentido.

Ele sorriu.

— Não sou eu quem deve dizer no que acreditar. Tudo que peço é que não feche nenhuma porta. Mantenha o coração leve.

As palavras transportaram Priti a outra vida. Lembrou-se dos tempos de criança aos cuidados da abadessa. Era um espírito inquieto; uma mente indomável. Resistia a qualquer vestígio de autoridade, assim como rejeitava qualquer noção metafísica. Recusava-se a acreditar em qualquer coisa que não fosse sólida, palpável e mensurável. A abadessa não se cansava de tentar fazê-la enxergar o mundo com outros olhos, se permitir aceitar que nem tudo nesse mundo fazia parte de um grande catálogo escrito pela lógica.

Várias vidas depois, aqui estava ela: na companhia de um autoproclamado caçador de demônios e de uma criança tocada pela deusa Visna. Esse conflito nunca a largaria? O que o pai teria dito disso?

Ele teria falado do discurso das estrelas, dos ensinamentos do vento e da pregação da chuva.

Há mais conhecimento acumulado nas cores de um poente de outono do que em todas as bibliotecas do mundo...

Não podia enveredar nessas lembranças. Não agora.

A menina se movimentou na cama. Aos poucos, ela abriu os olhos emoldurados pelo rosto amassado. Ainda sonolenta, sentou-se e passou a fitar os lençóis com um olhar perdido.

Priti se aproximou, sentando-se do lado dela.

Passou o dorso dos dedos nos cabelos encaracolados. Estavam duros de sujeira. Afastou uma mecha que pendia sobre o rosto e examinou os traços delicados. Priti não entendia nada de crianças, mas parecia claro que ela não podia ter mais do que quatro ou cinco anos de idade.

Velha o suficiente para falar; jovem demais para ter estado num navio cheio de gente estranha.

A criança ergueu o rosto e, mais uma vez, seus olhares se cruzaram. A sensação atravessou Priti de forma ainda mais intensa do que da vez anterior. A conexão infinitamente complexa, impossível de ser posta em palavras. Sentia-se como uma criança que não sabe ler diante de um imenso tratado que explicava todo o funcionamento do universo.

Ainda encarando a menina, ela pensou ter escutado um chamado. O momento, porém, sumiu tão rápido quanto apareceu. Priti varreu a confusão para algum recanto esquecido da mente e tornou a olhar para Luca.

— Deve haver outra explicação para tudo o que está acontecendo — disse ela reconhecendo as próprias palavras outra vez. — Esse velho podia estar sob efeito de alguma outra substância, algo ainda pior do que a Nuvem. Rumores de outras substâncias invadindo as ruas de Astan não são novos... E quanto à criança, pode ser apenas mais uma órfã perdida no mundo, como as tantas milhares que existem.

Luca deu como resposta apenas um olhar cansado. Priti prosseguiu:

— Seja como for, precisamos virar esse jogo. Não podemos mais continuar fazendo esse papel de presa. Você está ferido e agora estamos com uma criança pequena. Não duraremos muito contra essa gente.

— O que você sugere?

Ela pensou por um instante.

— Não há nada que possamos fazer sem saber o que está acontecendo.

Luca sacudiu a cabeça.

— Você quer ir atrás deles. Isso é loucura.

Priti percebeu que, enquanto falava com Luca, a menina mantinha o olhar fixo nela.

— Essa hospedaria é usada por homens de negócios a serviço das Companhias de Comércio de Sobrecéu. Eles certamente têm um serviço de mensageiros.

Luca assentiu.

— O que você tem em mente?

— Você vai escrever uma mensagem para Marco Carolei. Dirá que é um oficial celestino e que tem uma oferta de negócios para ele.

— Priti, eu acho isso muito...

— Confie em mim — interrompeu ela.

Luca estava visivelmente desconfortável.

— Por que ele iria a um encontro com um estranho, trazido por um mensageiro que nem ao menos pertence à rede da *beetwa*?

— Porque na mensagem você vai dizer que está em posse daquilo que ele está procurando — respondeu ela e, antes que ele pudesse protestar, acrescentou: — É apenas uma isca. Jamais colocarei a menina em risco.

— Essa manobra em si já a coloca em risco.

Priti encarou a menina por um momento e depois retornou o olhar para Luca:

— Não. Porque vamos combinar que, se eu não retornar dentro de algumas horas, você pegará a menina e deixará Astan.

A

A cada novo lugar que se visita, existe sempre um conjunto de impressões e sentimentos que, por mais tênues que sejam, tendem a nunca se repetir do mesmo modo. Não importa quantas vezes se retorne àquele local, o mosaico de sensações que a primeira visita desencadeou dificilmente se repete da mesma forma.

Nada disso era verdadeiro no que dizia respeito à biblioteca da Grande Universidade de Astan. Toda vez que Priti atravessava as portas duplas em forma de arco e penetrava nos domínios da biblioteca, a sensação que experimentava era tão única quanto avassaladora. Como se fosse a primeira vez que estivesse ali, deixava-se levar pela onda de fascínio e reverência que tomava conta dela. Com a boca entreaberta e os olhos bem abertos, como se não desejasse perder nada do que se descortinava diante de si, avançava aos poucos, como que pedindo licença aos livros para adentrar em seu mundo.

E não era para menos.

Logo depois das portas não havia um vestíbulo ou antessala para preparar a mente para o que viria. Em vez disso, a biblioteca se descortinava toda de uma só vez para os olhos aceitarem. Priti parou por um momento estudando o quadriculado dos azulejos do piso. As peças quadradas se alternavam, brancas e pretas, todas reluzindo de tão limpas à iluminação natural que vinha das imensas claraboias no teto muito acima. Junto às paredes e enfileiradas na parte central do ambiente, formando sucessivos corredores, havia altas estantes repletas de livros. Os únicos locais desprovidos de estantes eram nas laterais e nos fundos do ambiente, onde os livros tinham dado espaço a escadas com guardas e corrimãos enfeitados com arabescos delicados entalhados na madeira.

As escadas ziguezagueavam até as galerias superiores, subindo até o quarto nível da biblioteca. E era exatamente o panorama que se abria acima que revelava a verdadeira magnitude daquele espaço. Por isso, toda vez que entrava ali, Priti se concedia um tempo antes de dirigir o olhar para cima e, sempre que o fazia, sentia o ar fugir dos pulmões. Como se fosse a sua primeira vez no local.

Priti havia percorrido a Ponte de Qom à primeira luz da aurora. Avançou com a cobertura da multidão: àquela hora era grande o movimento de estudantes e funcionários rumando para iniciar o dia em um dos muitos prédios que tomavam cada recorte de terra disponível da Ilha de Qom. Ela não fazia ideia se o mensageiro havia encontrado Marco Carolei e menos ainda se o celestino aceitaria o encontro com um estranho. De qualquer modo, a escolha da biblioteca fora proposital: apesar de pertencer aos domínios da Grande Universidade, tratava-se de um local público. Além disso, armas não eram permitidas na Ilha de Qom, e os visitantes eram revistados por guardas da reitoria no pórtico de entrada da Universidade. Considerou que aquilo deveria bastar para aplacar quaisquer desconfianças que Marco Carolei pudesse nutrir de que o encontro fosse algum tipo de emboscada.

Priti venceu diversos lances de escada e subiu até o quarto andar da biblioteca. Seguindo as instruções da mensagem, rumou para uma área pouco movimentada na seção de linguística. Tratava-se, na verdade, de um único corredor delimitado por estantes. O local estava deserto e terminava em uma parede onde havia, no alto, uma pequena janela. Dali provinha um feixe de luz que desenhava um retângulo luminoso em uma das estantes e em cujo rastro uma miríade de partículas de pó dançavam no ar.

O que mais temia no encontro não eram as circunstâncias, embora elas estivessem obviamente contra ela. O que Priti mais receava era a reação que teria quando visse Marco Carolei. Conhecia bem demais as próprias explosões de raiva e sabia do que era capaz. O risco real era que, assim que o visse, fosse incapaz de se controlar. Como se não bastasse, a última imagem que tinha de Abbo, o corpo sem vida e o olhar perdido no vazio, voltavam a cada instante para atormentá-la e ajudar a fermentar o ódio que sentia.

Pode não ser hoje, mas Marco Carolei e seja lá com quem ele estiver associado... todos vão pagar...

Priti levou algum tempo para reconhecer a silhueta que se desenhou entre as duas estantes de livros. Quando o fez, uma onda de choque correu por seu corpo. Marco Carolei tinha a postura encurvada e se aproximava com passos claudicantes, a marcha oscilante como se uma perna sustentasse mais peso do que a outra. Da arrogância e altivez que eram a sua marca, nada restava. A cabeça se achava encoberta por uma faixa de tecido que deixava entrever apenas o rosto. Dali despontavam olhos arregalados, estampados de terror. As feições rígidas contavam quase tudo o que havia para ser contado.

— Você foi atacado — disse Priti quando ele havia se aproximado o suficiente.

Ele deixou os ombros caírem. Parecia aliviado.

— Tive esperanças de que fosse você por trás desse encontro.

Marco afrouxou a faixa de tecido, descobrindo a cabeça. Priti entreabriu a boca em espanto. O imenso ferimento arroxeado de formato irregular que se revelou, cobria boa parte da face lateral do crânio no lado esquerdo. As bordas cruentas ainda porejavam sangue. Toda a ferida vinha acompanhada por um inchaço tão intenso dos tecidos que conferia à cabeça um formato assimétrico grotesco.

Priti sentiu a raiva perder um pouco da intensidade. Mas não toda.

— Você é um imbecil, Marco.

Ele baixou o olhar por um momento. Era um homem completamente derrotado, compreendeu ela. Seja lá que jogo ele imaginava que estivesse jogando, havia perdido.

— Achou que iria tratar com mercenários, como as Folhas de Haman, e sair com alguma coisa nas mãos — disse Priti.

Ele ergueu o olhar para encará-la. Um dos olhos estava tinto de vermelho e parecia não focalizar em parte alguma.

— Eu... não sei o que estava pensando... preciso ficar escondido — disse ele com a voz vacilante, como se até as palavras estivessem com medo de ver a luz do dia.

— Você queria o cargo de Abbo. Queria ser o chefe da *beetwa* — bufou Priti. — Como vocês chamam o diabo em Sobrecéu? O demônio Ceifador? Vendeu a alma para ele em troca de um cargo e de mais o quê?

À Priti pareceu que Marco tentou franzir a testa. Em meio às feridas que cobriam o rosto, o gesto saiu desajeitado, uma parte se enrugando mais do que a outra. O resultado foi uma expressão grotesca e indecifrável.

— Eu, chefe da *beetwa*? Não... você entendeu tudo errado. Detesto Astan e não vejo a hora de ir embora. Mas quero retornar para Sobrecéu como um homem rico. O mesmo vale para todos os outros celestinos na cidade. Ou você acha que estão aqui aguentando olhares atravessados e a comida apimentada por gosto?

Priti cruzou os braços.

— Então me explique do que se trata toda essa confusão que você armou.

— Sei que não vai acreditar em mim, mas não pretendia que Abbo se ferisse.

— Você é um imbecil, Marco — repetiu ela. — Colocou Abbo na mira dessa gente e achou que fosse acontecer o quê?

Ele sacudiu a cabeça e encurvou ainda mais a postura.

— Não vou me desculpar. Você tem razão: fui um imbecil. Fiz o que fiz e sou culpado.

— Mas que inferno, Marco! Que merda você fez, afinal? O que você queria com essa gente?

Ele demorou um instante para responder.

— Você já ouviu falar do Pó Negro de Yan?

— Não.

— Os boatos sobre essa substância começaram a surgir alguns meses atrás. Como você sabe, meu tio, Carlos Carolei, é um dos homens mais ricos de Sobrecéu. Ele é dono de umas das três Companhias de Comércio celestinas que têm o monopólio da Rota da Seda — explicou Marco. — Tenho contatos na Companhia de Comércio Carolei, gente que trabalha no Porto Seco de Astan, tratando com chefes de caravana que chegam do extremo Oriente, de Yan. Foi por meio deles que fiquei sabendo desse Pó Negro.

— O que é? Outra Nuvem?

Ele fez um gesto com as mãos, quase como se se desculpasse.

— Não. Nada disso. O que dizem desse Pó Negro é que é uma criação dos cientistas de Yan. Trata-se de uma substância altamente inflamável. Basta o contato com o fogo e, mesmo em pequenas quantidades, provoca uma explosão de grandes proporções.

Priti refletiu por um momento.

— Vocês querem isso para...

Marco a interrompeu, tinha agora um brilho estranho no olhar.

— Imagine as aplicações de algo assim! Imagine toda uma nova geração de armamentos que poderiam ser concebidos. Armas tão potentes e mortais, que tornariam os confrontos atuais com lanças e espadas completamente obsoletos. Pense na supremacia que a nação que tiver esse arsenal irá atingir. Imagine quanto não valerá a primazia do comércio da matéria-prima que tornará tudo isso possível.

— Então é isso? Dinheiro?

Ele deu de ombros.

— E o que mais seria?

— Vocês estão agindo em nome do duque Alexander Terrasini?

Marco fez uma careta.

— Meu tio só tem um lado: o dele. Alexander Terrasini não sabe nada a respeito disso.

— Você está mentindo. Hawid Dewar foi morto porque intermediou a localização de algo que estão todos procurando. As Folhas de Hamam o mataram para que ele não divulgasse a mais ninguém a localização dessa coisa. Depois, você me incriminou com os assassinatos de Samir Fadel e do Abbo. Por quê?

Priti sabia que Samir Fadel não tinha sido morto pelos mercenários, mas achou que não precisava entrar nesse detalhe. A história já era suficientemente complexa do jeito como estava.

Marco inspirou profundamente, como se descobrisse estar faminto por ar. Priti imaginou se ele não estaria ainda mais ferido do que aparentava.

— A ideia de incriminar você era para criar confusão na *beetwa.* O chefe de polícia morto e a sua investigadora mais prestigiada em fuga, acusada de múltiplos assassinatos. Ajudaria a encobrir as ações dos mercenários em Astan, bem como a morte de Hawid Dewar, que precisava sair de cena.

Priti fez uma cara de quem não havia compreendido.

— Você não está enganada, mas eu também não estou mentindo — prosseguiu Marco. — Hawid Dewar era um facilitador, um homem de conexões, capaz de concretizar praticamente qualquer coisa. Sim, ele tinha essa coisa de que você fala, mas também conhecia os oficiais da caravana que trouxeram o primeiro carregamento do Pó Negro para Astan.

Priti se recostou em uma das estantes. As pernas latejavam.

— Dewar estava envolvido nos dois negócios.

Marco fez que sim.

— As Folhas queriam essa outra coisa e, eu, os contatos para chegar ao Pó Negro. Os interesses convergiam em Dewar.

— E quanto a Samir Fadel?

— Samir Fadel estava no esquema. Ele era responsável por costurar acordos e negociar valores em nome de Dewar. Pode enxergar ele como intermediário do intermediário, já que Dewar se situava muito acima na cadeia alimentar. Ele não tratava com qualquer um.

— Era Samir Fadel quem sujava as mãos — observou Priti.

— Nessa transação, sim. Mas poderia ter sido qualquer outro. Essa era a mágica de Dewar, que o tornava imbatível nos negócios: a habilidade de trazer a pessoa certa para o negócio certo. Nada para ele era impossível. Por isso, Dewar era uma lenda no mundo dos negócios de Astan.

Priti descruzou os braços.

— Espere um pouco: você disse que uma caravana trouxe esse Pó Negro para...

— Sim. O carregamento está em um armazém no Porto Seco de Astan.

Priti estremeceu. Com os ânimos se acirrando em diversos setores da sociedade de Astan, uma arma daquelas era exatamente o que a cidade não precisava nesse momento.

— Abdoula Abbas esteve com Dewar pouco antes do assassinato. Ele está metido nisso?

Marco deu de ombros.

— Não estou envolvido com essa gente. Sou celestino, esqueceu? Mas ouvi dizer que os radicais ligados a Abdoula Abbas também estão em busca do Pó Negro. Os motivos são óbvios.

Priti pensou por um momento. A mensagem para procurar Samir Fadel tinha vindo de Abdoula Abbas. Agora ela compreendia que ele a havia manipulado para obter uma vantagem na corrida em busca desse Pó Negro. Também percebeu que, se Abbas sabia tanto a respeito do que se passava, era evidente que ele tinha informantes na *beetwa*.

— Querem uma arma definitiva contra os conquistadores celestinos — concluiu Priti.

— Sim. Como você pode ver, essa situação tem ramificações por toda parte.

— Como você entrou em contato com as Folhas?

— Fui abordado por um intermediário que representa o contratante das Folhas.

— Quem é o contratante?

— Não faço ideia — respondeu Marco. — Alguém com dinheiro e influência suficientes para contratar as Folhas? As opções são bem restritas, na verdade. Teria de ser um banqueiro, um proprietário de uma grande Companhia de Comércio, ou, porque não, um chefe de estado. Meu palpite: nunca saberemos. Não faz diferença e, honestamente, prefiro não saber. O que importa é que a coisa toda saiu errado e a situação está fora de controle.

Pelo estado de Marco Carolei, aquilo era mais do que óbvio.

— O que aconteceu com você?

— Fui atacado por dois mercenários durante a noite. Eles trucidaram os quatro guardas da *beetwa* que faziam a minha segurança...

— Por que queriam você morto?

— Morto? Não. Se eles me quisessem morto, eu não estaria aqui. Isso foi só um aviso — disse ele apontando para o próprio rosto. — Além de uma última chance de consertar as coisas.

— Como?

— Eles queriam que eu encontrasse você e lhe fizesse uma oferta. Uma proposta que será muito benéfica para ambos os lados — respondeu ele. — Indique a localização do item que você roubou. Apenas isso. Nós dois sabemos que o seu único propósito na vida é a *beetwa*. As Folhas de Hamam, ou melhor dizendo, as pessoas que estão por trás delas, querem dar a você exatamente isso.

— A *beetwa*?

— Sim. Entregue o que você roubou e seus problemas desaparecerão. As acusações de assassinato sumirão e você será nomeada chefe da *beetwa*. Você sempre foi vista como a sucessora natural de Abbo. Poderá seguir cuidando da cidade, coisa que nós dois sabemos que é a sua missão.

Sempre foi... mas, agora, será a única?

— O que você pensa que sabe a meu respeito, Marco?

— Sobre você? Quase tudo — respondeu ele. — Priti Kandel, investigadora-chefe. Veio para Astan junto com Abbo. Nunca se casou e não tem filhos. Ao longo dos quinze anos em que vive em Astan, teve talvez uns dois ou três namorados. Nenhum sério. Passatempo? Nenhum. Nos fins de semana, almoça sozinha em um restaurante perto da *beetwa*. Durante as tardes, vai até lá para revisar arquivos de casos ativos ou passados. Se nem isso encontra para fazer, apenas fica jogando conversa fora com os guardas de plantão. Depois disso, quando todos se foram, às vezes fica apenas olhando para o escritório vazio. Não tente negar. Já vi com meus próprios olhos.

Priti sentiu o sangue ferver. Era assim tão óbvia a sua vida a ponto de um investigador incompetente como Marco Carolei decifrá-la com tanta facilidade?

— Você não vale nada, Marco.

— Eu sei. Mas estou certo.

— Você está delirando. A única forma de eu entrar na *beetwa* será para ir direto para a detenção.

— Você é que não está me escutando. Ainda não entendeu o alcance do poder dessa gente? Dessas forças que operam nas sombras e que nem eu conheço? Eles farão seus problemas sumirem. Culpados pelos assassinatos serão encontrados. Você só precisará ficar trancada em casa por alguns dias, enquanto a história é posta em prática. Os próprios mercenários irão cuidar da sua segurança para evitar qualquer mal-entendido. Quando retornar à *beetwa,* será saudada como heroína por seus colegas e todos vão querer se revezar para prestar as condolências por Abbo. Pouco tempo depois, quando a coisa esfriar, você receberá a nomeação de chefe de polícia. A ordem virá diretamente do governador Guy de Basra.

— Não.

— Você enlouqueceu? Qual é, Priti? Nós dois sabemos, todo mundo sabe que você não tem uma vida lá fora. Tirando o Abbo, nunca trocava mais do que algumas palavras com ninguém. Eu conheço você. Sei que essa é uma escolha fácil.

Você não me conhece. Eu me conheço?

— Não — repetiu ela. — Eu marquei este encontro. Eu faço as propostas.

Ele bufou.

— Você está cometendo um erro.

— Qual era o seu papel com os mercenários?

— Já expliquei: usar a minha influência na *beetwa* para encobrir as ações das Folhas.

— Mas você cumpriu: Abbo está morto e metade de Astan deve estar atrás de mim. A confusão não poderia ser maior — observou Priti.

Ele sacudiu a cabeça de modo enfático.

— Você ainda não juntou todas as peças. Por que Dewar foi morto se ele foi bem-sucedido no seu papel?

Priti não precisou pensar.

— Para eliminar quem sabia a respeito do negócio.

— Sim — concordou o celestino. — Terminada a transação, as Folhas fariam o que sempre fazem: encobrir seus rastros. O plano era matar Dewar primeiro. Depois, os mercenários levariam o caderno de transações para Samir Fadel e o obrigariam a extrair dali a informação de que precisavam. Por último, eliminariam Fadel e a coisa toda sumiria, viraria uma lenda urbana...

— Então é assim que as Folhas mantêm a aura de mistério...

— Eliminando as partes desnecessárias? Sim, exatamente assim — disse Marco. — E foi aí que você atrapalhou tudo: você chegou antes e roubou o caderno. Imagino que isso explique o estado do corpo de Fadel. As Folhas devem tê-lo torturado quando ele afirmou que não tinha mais o caderno...

Não havia sido isso que tinha acontecido com Fadel, mas Priti percebeu que Marco estava satisfeito com a história e resolveu deixar por isso mesmo. O que importava era a consequência de tudo aquilo.

— E agora culpam você pelo fracasso. Davam a coisa toda como certa — disse Priti. — E você está me contando tudo isso de graça porque acha que eu posso ajudá-lo.

Ele abriu as mãos em um gesto de obviedade.

— Foi por isso que me chamou até aqui, certo?

Priti se preparou para responder, mas se deteve. Apesar da importância do que discutiam, percebeu a mente distante, a atenção posta em outro local. Dominada pela sensação, viu-se pensando incessantemente em Luca e na menina. Ele estava ferido. Teria a sua condição piorado? A ligação com a menina era ainda mais poderosa. Desejava apenas ficar do lado dela e nunca mais se afastar.

Eles precisam de mim! Já perdi tempo demais aqui!

O sentimento era novo e a tomou por assalto. Sempre contou com a amizade e a mentoria de Abbo, mas jamais experimentara a sensação de ter alguém à sua espera e de, ao mesmo tempo, desejar estar com esse alguém.

Confusa, forçou-se a encarar o rosto desfigurado de Marco Carolei. Quando o fez, o plano se materializou em sua mente.

— Eu entrego o que você precisa — mentiu ela. — Nas minhas condições.

Marco subitamente perdeu a firmeza nas pernas. Exausto, ele se deixou deslizar até o chão, onde se sentou com as costas apoiadas em umas das estantes.

Priti se agachou perto dele.

— Onde está guardado esse Pó Negro?

Ela percebeu a intensidade do desespero de Marco, quando este respondeu sem tentar barganhar pela informação.

— Armazém 277 do Porto Seco. É a área pertencente à Companhia de Comércio Carolei — respondeu ele. — Pelo que ouvi, há pilhas e mais pilhas de barris repletos do Pó Negro nesse armazém.

— E isso é bastante?

— Se o que dizem a respeito dessa coisa é verdade, seria o suficiente para abrir um buraco que engoliria metade do Porto Seco.

— Mas que inferno, Marco! — exclamou Priti com a voz em tom mais alto do que pretendia. — O que vocês estavam pensando quando trouxeram isso para a minha cidade?

Ele não respondeu.

— Preste atenção no que você vai fazer — disse ela, agora em voz baixa, mas em tom cortante. — Eu vou lhe entregar o que os mercenários querem, na frente desse armazém, hoje, logo depois do pôr do sol, na oitava hora.

— O que eu preciso fazer?

— Duas coisas: avise as Folhas de Hamam. Eles que peguem pessoalmente.

Ele assentiu.

— E a segunda coisa?

— Você avisará à *beetwa* que os mercenários estarão lá.

Ele arregalou os olhos.

— Você vai criar uma confusão desgraçada...

Você nem imagina... isso não é nem a metade...

— Apenas faça.

— O que você vai ganhar com isso?

Ela se levantou, pronta para ir embora.

— É a minha cidade, Marco. Não vou deixar esses mercenários soltos na minha cidade.

P

Priti encontrou o quarto da hospedaria tão silencioso que chegou a temer que alguma coisa tivesse acontecido. Assim que entrou, porém, encontrou Luca e a menina adormecidos, lado a lado na cama. A menina usava roupas limpas e tinha os cabelos úmidos. Além disso, um perfume suave pairava no ar. De algum modo, Luca havia conseguido dar um banho nela.

Sobre a mesa do quarto, encontrou as sobras de um farto café da manhã. Ainda restavam boas porções do pão *han* e o seu favorito *shasik*. Priti sentou-se e colheu uma porção generosa do *shasik* com o pão. Estava faminta. O gosto dos ovos mexidos com a pasta de pimenta vermelha e as especiarias aguçaram os sentidos e afastaram o cansaço que sentia. A mistura estava carregada de pimenta, do jeito como ela preferia. A hospedaria poderia atender à clientela celestina, mas a cozinheira obviamente era local. E entendia bastante do assunto. Quando Priti percebeu, estava usando o último disco de pão *han* para raspar a tigela.

Depois, serviu-se do chá de hortelã. Segurando a xícara com as duas mãos, sentindo o calor do líquido aos poucos se espalhar pelos braços, ela observou as duas figuras adormecidas. A menina dormia profundamente, sua respiração um suave ressoar, quase inaudível. Luca, por outro lado, tinha um sono inquieto. Estava de barriga para cima e os braços e mãos se movimentavam como se acompanhassem o enredo de algum sonho agitado. A respiração era superficial e ruidosa. Priti percebeu a testa dele perolada de suor.

Ao perceber que estava preocupada com os dois, tendo sentido a ausência deles enquanto falava com Marco Carolei, deu-se conta de que visitava terreno estranho. Na companhia de Luca — e agora mais ainda junto com aquela criança — se transfigurava em alguém que ela não reconhecia por completo. Alguém que não vivia sob o mantra da indiferença. Na verdade, ela sabia bem: se decidisse voltar o suficiente no tempo, encontraria primeiro a abadessa e, depois, o pai. E aí não estaria mais em território estranho.

Mas aquilo tudo havia muito que estava enterrado no passado remoto; não passavam de fósseis que compunham a sua pré-história. E, como toda descoberta daquele tipo, levaria algum tempo para compreender o que significavam e como lidar com elas. Nesse instante, porém, restava apenas a confusão. E quanto ao tempo, também não dispunha. O mundo estava prestes a acabar.

Luca se agitou na cama. Ele se ergueu, escorando as costas na guarda da cama, enquanto abria os olhos.

— Céus... eu não devia ter dormido... E se não fosse você...?

— Mas sou eu — respondeu ela sorrindo.

Ele sorriu de volta.

— Acho que é a primeira vez que vejo você sorrindo.

— Você não está bem.

Ele bocejou e depois olhou para o ombro ferido.

— Isso aqui não é nada. Já vi piores...

Priti não estava convencida.

— Você deu banho nela? E de onde tirou essas roupas?

— Ela estava imunda. Além disso, comecei a refazer nossos passos até aqui e percebi que tínhamos furos para tapar.

Priti fez uma cara de quem não entendeu.

— Somos uma família. Chegamos de uma travessia marítima. Onde está a nossa bagagem?

— Bem pensado.

— Fui até a recepção e contei uma história triste de como o navio foi assaltado durante uma parada em Tahir. Nesse roubo perdemos todos os nossos pertences. Felizmente, eu tinha uma boa quantia escondida nas roupas — explicou ele. — Dei dinheiro para uma funcionária do hotel comprar uma muda de roupas no comércio do bairro. Quando ela retornou, disse que havia uma casa de banhos contígua ao hotel.

— Parece uma boa história.

Luca fitou a menina adormecida.

— E foi. Me passei como um pai diligente.

O gesto não passou desapercebido.

— E você é?

O rosto dele sofreu uma transformação. Como se uma sombra o encobrisse. Algo que só ele podia enxergar, mas cujo peso não tinha como esconder.

— Gosto de pensar que fui.

De algum modo, Priti entendeu que o momento era de silêncio.

— Eu vivi outra vida nessa cidade — disse ele, depois de um longo tempo.

— Em Astan?

Ele fez que sim.

— Eu era catedrático da faculdade de matemática.

Priti arregalou os olhos. Achou que não tinha escutado direito.

— Com que idade?

— Fui nomeado professor aos vinte e seis. Era considerado um expoente na minha área — respondeu ele. — Eu vivia uma vida plena, repleta das coisas que eu mais amava: os números e a minha família.

— Família?

— Eu era casado com uma moça da cidade. Seu nome era Nasira.

Priti sentiu o aperto do coração.

Não fui a única quem perdeu coisas pelo caminho...

— O que aconteceu? — perguntou cautelosa.

O olhar dele se perdeu em algum canto do quarto. Seja lá onde estivesse de verdade, não era ali.

— Não tenho o direito de...

— Tínhamos uma filha — interrompeu ele. — Lila tinha quatro anos. Era uma criança doce... me lembra demais esta menina — completou ele, tornando a olhar para a criança adormecida. — Nem sabemos o nome dela. Isso é... imperdoável...

Priti concedeu o tempo de que ele precisava para retomar a narrativa.

— Lila ficou doente durante um verão. De uma hora para outra, perdeu toda a energia que tinha. Nas axilas, no pescoço e nas virilhas, surgiram grandes nódulos endurecidos. Levamos ela para um especialista na Universidade.

— O que ele disse?

— O diagnóstico foi imediato e devastador: tratava-se de uma doença do sangue. Se não fosse tratada, a levaria à morte em pouco tempo. Mas havia um tratamento e ele consistia em uma espécie de veneno.

— Um veneno?

Ele assentiu.

— O médico nos explicou que o veneno atacaria tanto a doença, quanto o corpo de Lila. Se ela resistisse, estaria curada — explicou ele.

Priti recordou-se do motivo pelo qual rejeitava qualquer tipo de religião. Se havia um deus, como poderia ele permitir que uma criança inocente atravessasse um sofrimento atroz como aquele?

— Ela não resistiu — completou Luca olhando diretamente para ela.

Priti viu-se paralisada pela revelação.

— Nasira não resistiu à perda. Ela tirou a própria vida alguns dias depois do enterro — completou Luca.

Mas que inferno! Por que a vida não decide roubar coisas de gente mau-caráter como Marco Carolei? Por que tirar de alguém como Luca?

Priti estava devastada com a história e não sabia bem o que dizer. Optou pela simplicidade:

— O que você fez?

— Por algum tempo, nada — respondeu ele. — Passei a vagar pelas ruas, sem me alimentar, dormindo em algum beco qualquer. Nada mais fazia sentido. A dor era insuportável; a existência, sem sentido. Mas, embora tenha pensado nisso por mais vezes do que posso contar, não me matei. Por alguma razão, não o fiz. Eu não sabia na época, mas agora sei.

— Sabe o quê?

— Por qual motivo não tirei a minha vida.

— E por que foi?

— Para estar vivo aqui, vivendo este momento. Para ter encontrado você na casa de Samir Fadel a tempo de tirá-la de lá. Para estar junto de você quando aquela coisa nos atacou no navio. Para encontrar a menina. Para continuar junto de vocês duas no que está reservado para nós no porvir — disse ele. — E você, Priti, também precisa aceitar que tudo o que passou até aqui foi para prepará-la para este momento.

— Eu não acredito no destino.

Ele sorriu.

— Não importa. O destino acredita em você.

— Como o homem que vagava pelas ruas se tornou espião a serviço de Sobrecéu?

— Você diria que foi um acaso. Mas o saber da antiga Absíria ensina que coincidências não existem. O que existe são dobras no tecido do espaço e do tempo; formas que se entrelaçam, complexas demais para que nós as compreendamos por completo, mas que condicionam o que chamamos de "realidade" — disse ele. — Enfim, certo dia eu estava cochilando em um beco, quando fui acordado por algo que pode ter sido uma visão ou apenas um sonho muito vívido.

— E o que era?

— A minha filha — respondeu ele com o rosto iluminado. — Ela estava ali, parada naquele beco escuro, me olhando. Eu acordei, esfreguei os olhos para voltar à realidade, mas ela permanecia lá, tão real quanto a sua imagem neste momento, sentada nessa cadeira.

— E o que ela queria?

— Ela me disse que estava bem, que estava em segurança em outro lugar. Um local que eu ainda não poderia compreender o que era, mas que existia e que algum dia eu viria a conhecer e entender. Depois me disse que eu precisava retomar a minha vida, que a tarefa mais importante que eu teria naquele mundo ainda não havia chegado — respondeu ele. — A visão logo desapareceu, mas o legado que deixou foi muito claro: mesmo que eu ainda não enxergasse, havia algo importante reservado no meu futuro. Além disso, logo ficou claro que Lila havia me salvado. Como todos que vivem na rua, cedo ou tarde eu teria cedido e usado a Nuvem. Isso teria sido o fim da minha história.

— E o que você fez depois disso?

— Deixei o beco imediatamente. Passei em casa, peguei roupas limpas e fui até uma casa de banhos. Fiz uma farta refeição e rumei para o meu escritório na Universidade. Chegando lá, compreendi que os planos do destino para mim não eram para o futuro distante, eles já estavam ali.

— Como assim?

— Você não vai acreditar quem estava procurando por mim na Faculdade de Matemática naquele exato momento.

Priti ergueu uma sobrancelha.

— Quem?

— Alexander Terrasini.

— Você está de brincadeira.

— Juro que não. O duque estava lá, sozinho, à minha espera.

— Mas que diabos o duque queria com você?

— Primeiro, ele perguntou qual era a minha história. Mal terminei de contar quem eu era e o que tinha me acontecido e vi os olhos dele faiscarem e seu rosto se iluminar. Sei que você não o tem em grande estima, mas Alexander Terrasini é um homem extraordinário. A paixão que ele tem, a forma como ele inspira as pessoas... Enfim, ele me explicou que o nosso encontro não tinha sido por acaso e, ali mesmo, sem nenhum preâmbulo, me falou tudo sobre a Terra Perdida, os demônios, a Ordem de Taoh e seu papel como líder daquilo tudo.

— Imagino o seu choque.

— Lembre-se: eu era um matemático, um homem das ciências exatas. Fiquei muito mais chocado do que você ficou.

— O que ele queria de você?

— A minha matemática.

— Sério?

Luca assentiu.

— Como você sabe, a antiga civilização da Terra Perdida era muito avançada em diversas disciplinas, e a matemática era uma delas. O duque me explicou que tinha um time de linguistas trabalhando sem parar para decifrar livros e pergaminhos da antiga Absíria. Acontece que, pouco tempo antes, os membros da Ordem se depararam com algo que era, na verdade, uma mensagem cifrada, codificada com uma operação matemática.

— Matemáticos não faltam na Universidade. Ele poderia ter escolhido qualquer um.

— Era o que ele imaginava. Mas então as coisas começaram a dar errado: o chefe da cátedra sofreu um mau-súbito e morreu dormindo; outro professor deixou Astan às pressas para cuidar de um familiar doente em outra cidade e... assim por diante. Além disso, o tipo de operação envolvida nesse código era o meu campo de estudo, a minha especialidade, e era por isso que ele tinha ido me procurar naquele dia.

— Do que se tratava?

— A mensagem cifrada estava em um dos pergaminhos mais antigos da base de conhecimento da Ordem. É possível que tenha vindo diretamente das mãos do próprio Taoh — respondeu Luca. — Quando deciframos o código, percebemos que ele descrevia uma localização geográfica no Vale das Almas, no coração da Terra Perdida. Nesse local, como mais tarde foi descoberto, estava escondido o Disco de Taoh, a única arma capaz de enfrentar de forma definitiva esses demônios.

— Então vocês acabaram encontrando essa coisa?

Luca fez que sim.

— O duque a localizou em uma expedição à Terra Perdida pouco tempo depois. O Disco está em segurança, em um local secreto conhecido apenas pelo próprio Alexander Terrasini.

— Se esse negócio é tão importante, não parece muito sensato que apenas uma pessoa saiba onde está guardado.

— Não se preocupe com isso. O duque de Sobrecéu é provavelmente a pessoa mais bem protegida que existe.

Priti pegou-se pensando nas Folhas de Hamam. Os mercenários eram os assassinos mais eficientes que existiam. Não tinha bem certeza se alguém estaria a salvo, caso eles decidissem planejar uma emboscada em grande número.

— Ainda há uma distância entre decifrar um código e virar um espião.

Luca sorriu.

— O que aprendi naqueles dias a respeito da Ordem de Taoh e o meu contato com Alexander Terrasini me deram um novo rumo na vida. Compreendi que a minha filha tinha razão: eu ainda tenho uma missão nesse mundo. Perguntei ao duque o que eu poderia fazer. Ele me disse que tanto Sobrecéu quanto a Ordem estavam precisando desesperadamente de informantes no estrangeiro. Eu aceitei o desafio. Passei dois anos na Academia Naval de Sobrecéu e saí de lá um oficial. Depois, servi em diversas cidades do Mar Interno e em Astan em diversas ocasiões.

Priti admirou Luca por um momento. Ele sorriu e disse:

— Eu sei. É uma história e tanto.

Os dois riram.

— Era o que eu estava pensando.

O sorriso dele se desfez numa careta. O ferimento no ombro parecia incomodá-lo cada vez mais.

— Me fale do seu encontro.

Priti descreveu a longa conversa com Marco Carolei. Luca absorveu cada detalhe com o cenho franzido e o semblante rígido estampando uma preocupação crescente.

— Isso é muito maior do que imaginávamos — disse ele, quando ela terminou o relato. — E eu preciso relatar a respeito desse Pó Negro. Nunca tinha ouvido falar e o assunto, obviamente, é de interesse da Fortaleza Celeste. O que você pretende marcando esse encontro?

— Quero criar uma distração. Que os diversos lados se trucidem na frente desse armazém. Enquanto se matam, ganhamos tempo para deixar a cidade. Há pelo menos meia centena de pequenos vilarejos a um dia de distância de Astan. Podemos nos esconder em algum deles.

— Isso pode funcionar. Nos afastamos da cidade e ganhamos tempo para esperar que Alexander Terrasini chegue a Astan. Quando o duque estiver na cidade, a nossa segurança estará assegurada.

— Você não tem nenhum contato na cidade em quem confie?

Luca sacudiu a cabeça.

— Em circunstâncias normais, tenho vários. Mas, do jeito como estão as coisas, acho melhor aguardar pelo duque em pessoa. Ainda mais agora que temos a criança conosco.

Priti tinha todo o plano desenhado na mente, mas subitamente deu-se conta de que ele tinha uma falha básica. Se o estratagema funcionasse, podia se ver livre dos mercenários e da *beetwa*, mas aquela coisa que tinham visto no navio permaneceria em seu encalço.

— Você disse diversos lados? Você não acertou um encontro entre os mercenários e a *beetwa*? — perguntou Luca com os olhos estreitados.

— Quero que você envie uma mensagem a algum contato ligado ao governador Guy de Basra.

— Por quê?

— Precisamos que a Guarda da Cidade também entre na confusão.

Luca assentiu lentamente.

— O Porto Seco de Astan vai virar um campo conflagrado.

— É com isso que contamos. Qualquer coisa menos do que isso, e eles perceberão que foram enganados e virão com tudo para cima de nós.

— Você confia que Marco Carolei vai manter a sua parte no acordo?

— Marco Carolei é um mau-caráter e um mentiroso compulsivo, mas, nesse momento, sou a sua melhor opção para resolver a confusão, retornando a menina para os mercenários.

Luca se preparava para falar quando foi interrompido pelo espreguiçar da menina. Após esticar braços e pernas, ela se sentou na cama. Apesar do rosto amassado, tinha os olhos bem abertos e atentos. O efeito da longa noite de sono não podia ser mais evidente e, usando aquelas roupas limpas e de banho tomado, Priti quase pensou se tratar de outra criança.

Bastou seus olhares se cruzarem outra vez, contudo, para que ela experimentasse novamente a estranha sensação de conexão. Nessa ocasião, porém, o sentimento era ainda mais intenso. Mais uma vez, percebeu como se a menina a chamasse. Priti deixou-se levar pela sensação por alguns instantes, mas, confusa, acabou desviando o olhar.

O estrondo veio súbito e terrível. A porta do quarto se desfez numa explosão de fragmentos de madeira que varreram o ambiente como granizo numa tempestade. Priti se encolheu e piscou os olhos com força, enquanto sentia a agulhada dos estilhaços pontiagudos cobrindo o rosto e o pescoço. O vulto de algo pesado, que tinha sido usado como aríete, se desenhou brevemente através do batente arruinado, mas logo foi substituído por outras formas, aquelas pertencentes aos guardas da *beetwa* em seus inconfundíveis uniformes azuis-escuros.

Chegou a iniciar o movimento para se levantar, mas não teve tempo. Algo pesado a golpeou em uma das têmporas e foi arremessada para longe. Aterrissou de lado, colocando todo o peso sobre um dos braços, que ficou prensado no chão. O choque de dor correu pelo corpo, intenso. Mas a mente se desfazia perdendo a noção de si mesma, e logo ela não tinha mais certeza se o que sentia era dor. Percebeu o mundo saindo de foco. Acima dela, os homens da *beetwa*; num segundo plano, uma imagem que poderia ser Luca abraçado à menina.

Enquanto o mundo escurecia, ela pensou ter escutado:

— Isso foi por Abbo!

Ela pensou por um momento, mas as palavras não tinham sentido algum.

Depois, houve apenas a escuridão.

A

A primeira sensação que Priti teve foi a da superfície áspera do chão raspando no dorso dos pés. Depois, percebeu a cabeça pesada, explodindo de dor, pender inerte para frente. Confusa, não compreendeu como uma coisa se conectava à outra: se os pés arrastavam no chão daquela forma, o que a impedia de cair?

Em seguida percebeu o aperto sob as axilas e compreendeu: alguém a segurava. E a arrastava rua abaixo. Ela arriscou abrir os olhos. Um se abriu mais do que o outro. Ao redor dela se desenhou uma viela apertada, ladeada por prédios decadentes, as fachadas cinzentas como um dia de inverno. De cada lado, um guarda da *beetwa* a segurava; alguns passos mais adiante havia mais três. Ou quatro. Ou talvez cinco. Era impossível ter certeza.

Priti notou que o braço não doía mais tanto, mas a cabeça parecia prestes a se partir em duas. Juntando a intensidade da dor com a dificuldade em entender o que se passava, temeu que o golpe pudesse ter ocasionado uma lesão mais séria. Priti já tinha visto homens morrer com golpes na cabeça após uma briga de rua qualquer. Sabia que podia ser algo perigoso.

Ela respirou fundo e fechou os olhos com força. Concentrou-se nas pernas. Para sua surpresa os músculos responderam e os membros se endireitaram. Os guardas pararam por um momento e soltaram o aperto. Priti entendeu que eles estavam cansados de arrastá-la e preferiam que ela andasse. Não havia risco de ela fugir: as mãos permaneciam amarradas com uma corda grossa e, naquele estado, mal conseguia caminhar, que dirá correr para longe.

Aos poucos sentiu a mente se sobrepor à dor. Aliviada, percebeu que podia pensar com clareza. Na mesma hora compreendeu o erro que havia cometido: Marco Carolei devia ter colocado alguém para segui-la depois do encontro na Biblioteca. Fora um erro primário, mas não de todo inesperado. Já tinha perdido a conta de há quanto tempo não dormia e sabia que a mente ainda se achava em choque pela perda de Abbo.

A sensação de que havia falhado com Luca e a menina foi devastadora. O primeiro impulso que teve foi o de se lançar enlouquecida contra os guardas. Não importava se a matassem ali mesmo, precisava socorrer a criança. O destino dela não podia ser mais óbvio: Marco Carolei a entregaria às Folhas de Hamam. Quanto a Luca, não tinha ideia do que aconteceria com ele, mas sabia que a *beetwa* evitava intervir em problemas envolvendo celestinos. Normalmente, quando um ocidental se envolvia em algum crime, ele era encaminhado para a Guarda da Cidade, o braço armado de Guy de Basra, o governador apontado por Sobrecéu.

O coração se torceu no peito ao imaginar o terror que a menina experimentaria nas mãos dos mercenários e de seja lá quem havia pagado tanto dinheiro por ela.

Eu preciso saber o nome dela! Eu preciso!

Priti se preparava para tentar argumentar com os guardas, quando o grupo foi surpreendido por um bando de seis ou sete homens. Eles emergiram de uma ruela transversal sem produzir nenhum som. Quando percebeu, os recém-chegados formavam uma fileira coesa, bloqueando o avanço deles.

Ela aguardou a reação dos homens da *beetwa*, mas ela não veio. Por um momento, guardas e os homens em trajes civis ficaram apenas parados, um grupo olhando para o outro. Um homem alto e magro, vestindo uma túnica de homem santo, adiantou-se, destacando-se dos demais. Priti já sabia quem era.

— Senhora investigadora — disse Abdoula Abbas deixando o capuz do manto deslizar.

Priti olhou outra vez em volta, mas não havia nenhum esboço de reação dos guardas.

— Desamarrem ela — ordenou Abbas para os oficiais que a flanqueavam.

Um dos homens cortou a corda com uma faca. Priti massageou os punhos e, aos poucos, o sangue voltou a circular nas mãos.

— Então o senhor tem homens infiltrados na *beetwa*.

— Homens de fé estão por toda parte — disse Abbas dando mais um passo, de modo a ficar bem de frente para ela.

Priti desviou o olhar por um momento. A mente alçou voo, buscando soluções.

Se ele está aqui, é porque precisa de mim. Um acordo é a minha única saída para salvar a menina...

Por outro lado, sabia o que Abbas e as Facas de *Ellam* fariam com o Pó Negro. E também sabia que Sobrecéu não abriria mão do seu prêmio mais valioso e despacharia todo o poderio da Frota Celeste para a cidade. Astan mergulharia em um confronto que duraria cem anos ou mais. Milhares morreriam naquela guerrilha urbana.

Abbas parecia ter lido a sua mente.

— Eu entendo a sua relutância. Pensa que vamos instalar o caos na cidade para expulsar os invasores celestinos.

— Entendo que o senhor é um homem de bem, mas está cometendo um erro. O senhor não percebe que pode até mandar os celestinos embora, mas vai receber em retorno uma cidade em ruínas e pilhas de corpos para enterrar. É uma guerra que vocês não podem vencer; é uma guerra que não vale a pena ser travada. Tem de existir outro meio.

Abbas a encarou com aquele olhar inescrutável.

— E se eu lhe disser que está enganada.

Priti percebia os sentimentos se entrechocando a cada palavra que pronunciava. Compreendia que podia negociar a paz na cidade ou a vida da menina, mas não as duas coisas.

— Não estou.

— Uma caravana recém-chegada trouxe notícias de Yan — disse Abbas. — Ocorreu algum conflito interno por lá. Não temos os detalhes, mas sabemos que os cientistas que produziam o Pó Negro foram mortos e os laboratórios, destruídos. É provável que se passem muitos anos até que essa substância seja produzida novamente e outros tantos até que chegue a nós.

Priti pensou por um momento. Se aquilo fosse verdade, o carregamento que estava em Astan acabara de se tornar ainda mais valioso.

— E, quanto ao conflito, não acontecerá da forma como a senhora está imaginando.

— Como não?

— Um confronto pressupõe um equilíbrio entre as partes envolvidas. Se obtivermos o Pó Negro, estaremos tão acima dos celestinos que os forçaremos a aceitar os nossos termos. Não digo que não haverá violência, é claro que enfrentaremos alguma resistência, mas não será na magnitude que imagina. Assim que Sobrecéu entender contra o que está lutando, recuará e deixará Astan.

Ela sabia que não seria daquela forma. Os celestinos lutariam por Astan em cada rua, cada esquina e em cada viela como aquela em que se encontravam. Em meio à dúvida que a consumia, Priti pegou-se pensando no pai. Viu-se removida daquele lugar e cercada pelo perfume dos pinheiros, sob a cobertura do céu estrelado.

O que eu faço, pai... Qual dos saberes me ajuda num momento como esse...?

De alguma forma que não compreendia, a resposta veio cristalina:

O terceiro saber... As coisas sabidas com o coração...

— Eu aceito, mas nos meus termos.

As palavras foram tão inesperadas que Abbas rompeu com a impassividade que sempre exibia e ergueu uma sobrancelha.

— A senhora não compreendeu.

Os instintos de Priti a colocaram em alerta.

Há algo fora de lugar.

— Não estamos negociando — disse ele em tom severo. — A senhora vai me revelar a localização do Pó Negro.

— E por que eu faria isso?

— Meus homens têm em custódia o celestino a quem a senhora se associou. Se não ouvirem de mim dentro da próxima hora, o executarão.

Priti recebeu as palavras como uma bofetada.

Não! Isso não...!

Abbas levou algum tempo para prosseguir:

— Se a senhora me der o que quero, suspendo a ordem. Vocês dois serão conduzidos em segurança para fora de Astan por meus homens.

Priti sentiu-se tragada para o abismo. Não importava o que fizesse, por qual caminho seguisse, estaria errada. Luca, a menina ou Astan pagaria. Ou todos eles ao mesmo tempo.

Isso é o fim do jogo. Não há saída a partir daqui...

— Não posso fazer isso.

As palavras cortaram o coração de Priti de uma forma como nenhuma lâmina poderia. Sem serem convidadas, vieram lembranças do rosto de Luca. Recordou-se do semblante que, apesar do pesar sempre evidente, tinha tanta facilidade de se colorir com um sorriso.

Abbas sinalizou para um dos homens. O guarda que estava à esquerda de Priti sacou a adaga que trazia na cintura. Ela deu um passo instintivo para longe, enquanto o coração disparava sem controle no peito. Com o corpo tremendo sem controle, esperou pelo golpe.

Mas ele não veio.

Outro dos guardas se aproximou e, num golpe quase rápido demais para os olhos, golpeou com o cabo da própria arma a cabeça do colega que empunhava a faca. Priti viu o olhar do seu atacante se desviar e perder o brilho. No instante seguinte ele tombou ao chão.

Perplexa demais para entender o que havia se passado, focalizou apenas Abbas, que tencionou falar.

— Eu sinto muito, senhor — interrompeu o guarda que a havia defendido. — Sou um homem temente a Deus, mas a minha dívida para com a inspetora é ainda maior.

— Isso é um ultraje — protestou Abbas, as feições transfiguradas de fúria. — Abatam esse infeliz — berrou ele para os outros guardas.

Priti prendeu a respiração mais uma vez. Ninguém se moveu.

O guarda que havia falado se interpôs entre ela e Abbas:

— Eu sinto muito, senhor. O senhor deve partir imediatamente. — O tom de voz era baixo, mas as palavras saíram cortando o ar.

Abbas hesitou por um momento, depois deu meia-volta e se afastou apressado pela viela.

O guarda voltou-se para ela e embainhou a faca.

— Eu sinto muito, senhora. Estive à sua procura desde que fiquei sabendo o que tinha acontecido. Sinto muito se o meu colega bateu com muita força, mas foi necessário para manter o nosso disfarce.

Priti avaliou o interlocutor com os olhos estreitados. Vasculhou freneticamente a mente à procura do rosto. Os traços não eram de todo estranhos, mas não conseguia encontrar um nome para ele.

— Sou Allim, senhora.

Priti pensou que quase pôde escutar o estalo da mente encontrando a resposta.

Céus! Da última vez que o vi era apenas um garoto!

— Você... eu lembro de você. — Ela sorriu. — Esteve na *beetwa* todo esse tempo? Por que nunca me procurou?

Ele tinha o rosto muito sério.

— Não queria importuná-la. A senhora fez tanto por mim e pelos outros... Hoje tenho uma vida, uma família... Devo tudo à senhora. Quando escutei os rapazes conversando a respeito do que tinha acontecido e de como muitos achavam que se tratava de uma cilada, entendi que a minha chance de retribuir, pelo menos um pouco, poderia estar chegando — disse ele. — Eu e os rapazes passamos a noite à sua procura.

Priti olhou em volta para os guardas da *beetwa*, que permaneciam imóveis, como se à espera de ordens.

— Esses homens são da sua confiança?

Allim assentiu.

— O que podemos fazer?

— É verdade o que Abbas falou a respeito do celestino?

— Sim. As Facas de *Ellam* o têm.

— Vocês sabem onde?

— Sabemos.

Priti pensou por um momento. Imaginou que Allim não tinha como saber dos estratagemas de Marco Carolei, mas precisava perguntar assim mesmo:

— E quanto à menina que estava conosco?

Allim sacudiu a cabeça.

— Eu sinto muito, senhora. Só sei que Marco Carolei a levou pessoalmente para fora da hospedaria.

Priti já esperava por isso. Precisava resolver um problema de cada vez. Primeiro, tentaria resgatar Luca e, uma vez reunidos, poderiam pensar em como salvar a criança.

— Vocês conseguem resgatar o celestino? — perguntou Priti. — Tentando não ferir ninguém?

Allim fez que sim.

— Entraremos no esconderijo de surpresa e bem armados. As Facas não ousarão entrar em confronto com membros uniformizados da *beetwa.*

Não por enquanto... mas em breve ousarão isso e muito mais.

— Ótimo. Façam isso.

— Será feito, senhora.

— Mais uma coisa: tente descobrir para onde Marco Carolei levará a criança.

— Sim, senhora — disse Allim. — Enquanto providenciamos o resgate do celestino, a senhora precisa de um lugar para se esconder. Eu conheço um local perfeito.

P

Priti olhou ao redor, acostumando os olhos à penumbra. A luz do dia se filtrava através do tecido espesso dos lençóis que encobriam cada uma das janelas. A fraca luminosidade revelava os vultos da mobília adormecida — cadeiras, sofás e uma grande mesa de jantar —, todas também cobertas por peças de tecido. As formas jaziam, solenes e silenciosas, como se envoltas em mortalhas que pareciam ter sido ali colocadas muitas eras antes. O ar que respirava vinha espesso com o cheiro de mofo. O piso de madeira envelhecida emitia um rangido agudo, quase um lamento, a cada pisada.

O local escolhido por Allim não poderia ser melhor. O imenso casarão ficava em Astan Setentrional e estava evidentemente abandonado havia muito tempo. Segundo Allim explicou, a mansão pertencera a um casal rico da cidade. Ambos haviam falecido anos antes, deixando dois filhos adultos. Na ausência de um inventário, os dois irmãos brigavam pela posse do imóvel e, enquanto o destino da propriedade não era decidido pelo magistrado, a residência tinha ordens de permanecer desocupada. A vizinhança era relativamente tranquila e, por incrível que parecesse, a residência ainda não sofrera nenhuma tentativa de invasão.

Allim era próximo de um dos irmãos envolvidos na disputa e por isso conhecia o local.

Priti afastou um lençol de um dos sofás. Uma nuvem de pó se ergueu e começou a se dispersar pelo ar. Ela tossiu e se sentou com cuidado, mas, ainda assim, quando o fez, levantou outra lufada de pó. Mal se acomodou no sofá, sentiu os olhos pesados. Antes que pudesse perceber, adormeceu.

Acordou, não sabia quanto tempo depois, com o ranger da porta da frente. Com o coração aos pulos, Priti saltou do sofá e se pôs a vasculhar o ambiente. Na direção do vestíbulo de entrada se materializaram duas silhuetas impressas contra a penumbra. Com uma onda de alívio ela reconheceu Allim e Luca. O celestino tinha uma marcha cambaleante e caminhava escorado em um dos braços do guarda da *beetwa*. Embaixo do outro braço, Allim trazia um embrulho de tecido.

Quando se aproximaram o suficiente, ela compreendeu o porquê. Luca exibia grandes ferimentos no rosto, nos braços e no ombro direito. Onde quer que o corpo estivesse descoberto, era possível ver os vergões avermelhados.

Priti se adiantou até ele e tomou seu braço.

— Você está bem? — perguntou ela com a voz rouca.

Foi Allim quem respondeu:

— Eu sinto muito, senhora. As Facas bateram nele com vontade. Acho que chegamos bem a tempo.

— Alguém se feriu? — perguntou Priti enquanto conduzia Luca para o sofá onde estivera sentada.

— Ninguém com gravidade, senhora.

— Ótimo. Vocês descobriram a respeito da criança?

— Sim. Marco Carolei irá entregá-la para as Folhas de Hamam hoje, na oitava hora, em frente a um armazém no Porto Seco de Astan.

Então Marco Carolei decidiu manter o encontro...

Depois de acomodar Luca no sofá, Priti voltou-se para Allim:

— Quem vai estar com ele?

— Pelo que sei, ele vai com cerca de vinte homens da sua confiança — respondeu Allim. — Senhora, esses mercenários atuando na cidade são uma coisa que não podemos tolerar. Ouvi os rumores, mas achei que eram falsos.

— Você tem razão. Acima de tudo somos oficiais da *beetwa*. Quero ver esses criminosos fora da cidade tanto quanto você.

Priti se aproximou de Allim e tomou as mãos dele nas suas.

— Jamais vou esquecer o que você fez hoje.

Ele manteve o rosto sério.

— Foi pouco, senhora. E não me agrada o que acho que vocês vão fazer.

— Eu preciso resgatar essa criança — disse Priti.

— Imaginei que a senhora diria isso. Deixe ao menos eu ir junto. Posso reunir um grupo com rapazes da minha confiança.

Priti deu um passo para trás.

— Não, Allim. Você já fez o suficiente. Confie em mim. Eu comecei isso e preciso terminar. Sozinha.

Allim assentiu, visivelmente contrariado. A seguir entregou-lhe o embrulho de tecido que trazia. Era um uniforme da *beetwa* para Luca vestir quando saíssem dali. Priti olhou novamente para Luca. O estado das roupas dele era ainda pior do que de quem as vestia. Daquele jeito, não conseguiriam ir a parte alguma sem chamar a atenção.

Priti se despediu de Allim e voltou para onde Luca estava. Ele permanecia sentado, imóvel, como se estivesse em choque. Ela se ajoelhou do lado dele.

— Você está com dor?

Ele se voltou para ela e a encarou com os olhos semiocultos pelas pálpebras inchadas.

— Você tem razão, Priti. Sobrecéu precisa se retirar de Astan. Tem de haver outro meio desse comércio da Rota da Seda ocorrer... não importa... — ele fez uma longa pausa. — Entendi isso enquanto eles me batiam. Era muito ódio. Nunca haviam me visto, mas tinham toda aquela raiva... Estamos todos errados e isso tem de acabar...

Priti se sentou do lado dele. Antes que se desse conta, o abraçava com força.

— Eu sinto muito por sua família — sussurrou ela em seus ouvidos. — Eu sinto muito. Eu não disse antes... mas eu sinto muito.

Ele a envolveu com os braços e retornou o abraço. Priti o abraçou com mais força e ele soltou um arquejo. Na mesma hora, ela recuou.

— Eu sinto muito... onde dói?

Ele abriu um sorriso desajeitado.

— Em toda parte...

— Ah, Luca... eu sinto muito... você não deveria ter vindo me ajudar.

Ele a encarou com a cabeça levemente inclinada.

— Ter conhecido você foi a melhor coisa que me aconteceu em muito tempo.

Ela sorriu.

— Não compreendi o que se passou — completou Luca. — Esses guardas da *beetwa*... achei que estavam todos contra você.

— A minha história com Allim é muito antiga. Eu também não sabia que ele estava por perto até agora há pouco.

Luca abriu outro sorriso desajeitado.

— Temos tempo para que você me conte... O encontro é apenas no cair da noite.

— Você não vai a parte alguma nesse estado.

O rosto dele ficou sério.

— Você pretende o quê, Priti? Resgatar a menina das mãos de Marco Carolei, evitando, ao mesmo tempo, os mercenários e os homens da *beetwa* que *não estão* do seu lado?

— Eu vou pensar em alguma coisa.

— Iremos juntos — disse Luca. — Olhe para mim... não me resta muito mais a desejar que não seja completar a minha missão.

Priti viu-se soterrada pelo peso daquelas palavras. Por alguma razão que não compreendia, pressentiu o presságio que elas traziam nas entrelinhas.

Eu e o Luca não sobreviveremos a isso tudo? É isso que esse aperto na garganta significa?

Luca a resgatou do devaneio.

— Me fale desse Allim.

Priti suspirou.

— Isso foi há muito tempo. — Priti observou a reação de Luca. Ele continuava olhando intensamente para ela. — Foi muito antes de eu vir para Astan. Foi uma época... complicada da minha vida. Eu me envolvi com gente de todos os tipos; circulava pelo submundo dos lugares por onde passava. Em locais assim, via e escutava de tudo. Em certa ocasião, acabei conhecendo uns traficantes de crianças. Quando entendi o que ele faziam, algo mudou na minha mente. Não me pergunte o que foi, porque eu também não sei. Só sei que precisava impedi-los. E precisava fazer isso a qualquer custo. O sentimento foi, e ainda é, estranho. Eu nunca havia me envolvido com nada antes. Nenhuma causa tinha feito sentido para mim até então.

— E o que você fez?

— Reuni seis homens e mulheres da minha confiança. Ladrões e assassinos, gente que pertencia ao mundo do crime, mas que compartilhava comigo a aversão ao que aqueles traficantes faziam. Nosso bando começou a atacar e a desmantelar sistematicamente as operações desse grupo. Emboscávamos seus membros, atacávamos os esconderijos e libertávamos as crianças sempre que podíamos.

— Allim era uma delas.

Priti fez que sim.

— Foi a nossa última operação. Atacamos essa fazenda a dois dias de distância de Harbin. Liberamos três dúzias de crianças do cativeiro. Allim era o mais velho, na época devia ter uns quatorze ou quinze anos.

— O que aconteceu?

— O ataque já tinha terminado. Alguns traficantes haviam sobrevivido e estavam rendidos de joelhos, na frente da propriedade. Entre eles estava o líder. Antes que eu pudesse reagir, Allim se aproximou e cravou uma faca nas costas dele.

— Muitos devem ter morrido nesse ataque. Qual foi o problema? — perguntou Luca.

— O problema foi que esse líder era um homem muito poderoso. Um comerciante de posses, com amplas conexões políticas não apenas em Harbin, mas até mesmo em Astan.

— Era necessário encontrar um culpado.

Priti deu de ombros.

— É interessante a medida torta de certo e errado que as pessoas têm. Ninguém se perguntou o que aquele homem fazia com trinta crianças numa fazenda isolada. Alguns eram tão pequenos que mal sabiam falar — disse Priti. — Nada disso importou. Um homem rico morreu e alguém precisava levar a culpa.

— E Allim levou a culpa.

Priti sacudiu a cabeça.

— Eu não podia deixar que isso acontecesse. Não depois de tudo o que ele tinha passado.

— Céus... você?

— Eu assumi a culpa e me entreguei às autoridades.

— E como você escapou da sentença?

— Abbo.

— Foi nessa ocasião que vocês se conheceram.

— Sim. Abbo era o chefe de polícia de Harbin. Eu contei tudo o que havia acontecido, tudo o que vínhamos fazendo e, de algum modo, o conquistei. Abbo era alguém extremamente correto e já conhecia a fama desse homem que Allim matou. Como ele conseguiu encobrir tudo o que aconteceu é outra história, mais longa ainda. Mas, no final, ele conseguiu e toda a atenção foi desviada de mim. Porque ele fez isso, porque ajudou uma desconhecida... eu não sei.

— Porque ele tinha um bom coração. Porque ele enxergou quem você era de verdade — disse Luca. — Você entende, Priti, tudo que aconteceu a conduziu para este momento que estamos vivendo. Você e eu estamos exatamente onde deveríamos estar.

— E onde é esse lugar, Luca? Você está ferido e eu posso ter algum conhecimento de defesa pessoal, mas estou longe de ser uma guerreira. Como exatamente vamos interferir nesse encontro?

Ele pensou por um longo momento.

— Você tem razão — disse, por fim. — Não podemos enfrentá-los lutando. Morreríamos muito antes de chegar perto da criança. A única coisa a nosso favor é a confusão que certamente vai ocorrer quando Marco Carolei e seus homens da *beetwa* se encontrarem com os mercenários. Observamos tudo de uma posição segura e deixamos para agir apenas no calor da batalha.

Priti sacudiu a cabeça.

— Esse era o meu plano original, mas ele dependia de um fato básico que mudou: agora Marco Carolei tem a menina. Quando ele entregar a criança, o acordo estará concluído. Talvez os dois lados se deem por satisfeitos e apenas vão embora.

— Eu não acho que isso vá acontecer — interpôs Luca. — Isso não faria jus à aura de mistério que paira ao redor da imagem das Folhas de Hamam. Esses mercenários agem de forma tão furtiva, suas operações são tão sigilosas, que muitas pessoas nem acreditam que o bando exista de verdade. Pense bem: ninguém sabe nada a respeito deles. Qual a sua origem? Quem é o líder? Nem mesmo quantos são sabemos.

— Você acha que os mercenários irão eliminar Marco Carolei e seus homens...

— Sim. Marco pode estar tratando com eles, mas certamente não é o contratante. Este permanecerá oculto nas sombras. Mas isso não importa agora. Os intermediários têm de ser eliminados.

Priti refletiu sobre o breve confronto no quintal da casa de Abbo.

— Foi por isso que aquele mercenário na casa de Abbo fugiu. Poderia ter nos matado se quisesse.

— Sim — concordou Luca. — Naquele momento ainda precisavam de você para levá-los à localização da criança.

A situação tinha se tornado clara para Priti.

— Nem essa vantagem temos mais. Você tem razão. Só nos resta observar a cena e torcer por uma confusão bem grande. Vamos indo.

Luca ergueu uma sobrancelha.

— Ainda faltam muitas horas para o cair da noite.

— Precisamos chegar cedo para examinar o local e escolher um ponto de observação que seja seguro, mas que, ao mesmo tempo, seja próximo o suficiente para podermos agir rápido quando a hora chegar.

Luca se levantou do sofá, desajeitado.

— Me ajude a vestir esse uniforme — pediu tirando a parte de cima das vestes.

Quando Priti observou os ferimentos, novos e antigos, sobre o tórax dele, foi tomada por outro presságio sombrio.

Luca mal consegue se pôr em pé... Mesmo que, por um golpe de sorte, consigamos resgatar a menina, como faremos para fugir depois?

E

Em direção a leste, o estuário de Astan se afilava até formar o rio Qom. Em um primeiro momento, o rio seguia quase em linha reta, flanqueado por amplas planícies. Depois, iniciava um serpentear suave que parecia não ter fim. As nascentes do Qom se achavam em terreno elevado, a muitas semanas de viagem a leste da Cidade Sagrada.

No trecho retilíneo, contíguo a Astan, o rio tinha sido dragado e as margens revestidas com anteparos de pedra, de modo a formar um canal. O calado não permitia a navegação das grandes galés mercantis celestinas, por isso o transporte das mercadorias provenientes das caravanas era realizado por barcas. Estas subiam e desciam o rio num ir e vir que se iniciava com o raiar do dia e só terminava com o pôr do sol. Aquela era a coreografia que fazia fluir a riqueza de Astan. As barcas conduziam as preciosas cargas até os cais espalhados ao longo do estuário, onde seriam então transferidas para os navios pertencentes às Companhias de Comércio de Sobrecéu.

Assentados sobre a planície, perfilados ao longo do curso do rio, existiam cerca de duas centenas de armazéns pertencentes às Companhias de Comércio ou ainda a indivíduos ricos que os sublocavam àquelas. No outro lado dos armazéns, uma miríade de construções — estalagens, tabernas, comércio de todos os tipos e escritórios alfandegários — davam o suporte que as caravanas necessitavam para operar, fossem elas recém-chegadas ou prestes a partir rumo ao Oriente longínquo.

Aquele era o lendário Porto Seco de Astan, considerado por muitos a verdadeira interface entre Ocidente e Oriente. No mar de gente que costumava encher o lugar, era possível escutar as vozes animadas falando em meia centena de idiomas diferentes. Todos transbordavam de excitação, fosse pela riqueza que circulava ali e parecia sempre ao alcance da mão, ou ainda pela antecipação de uma jornada como nenhuma outra, rumo ao leste.

Naquele momento, porém, o Porto Seco jazia silencioso como um monstro adormecido. Na extensão plana de calçamento, cortada ao meio pelo curso do canal, nada se movia ou produzia qualquer tipo de som. De cada lado, igualmente silenciosos, se avolumavam as imensas fachadas dos armazéns. A noite já havia caído e o cenário se revelava apenas aos pedaços: uma fileira de círculos de luz amarelada dos lampiões pendurados nos postes corria ao longo do canal. Fora desses domínios, restava apenas o breu quase completo.

Do alto do telhado de um armazém, Priti examinou a cena tomada por uma inquietude crescente. Parte do sentimento era objetiva: a falta de iluminação e o fato de o ambiente ser um amplo espaço aberto dificultariam qualquer ação furtiva da parte deles. Outra parte era subjetiva: durante a tarde, a temperatura havia subido muito mais do que era comum para a época do ano. Além disso, uma espessa camada de nuvens encobriu Astan, trazendo um ocaso antecipado e a promessa de uma noite tempestuosa.

Priti recuou da margem do telhado e voltou para onde Luca estava deitado. Durante o percurso até ali, ficou ainda mais claro o estado em que ele se encontrava. Luca teve dificuldade para vencer a caminhada até o Porto Seco e mais ainda para subir no topo daquele armazém. Priti arrependeu-se de não ter insistido para que ele ficasse, mas agora era tarde.

— Algum movimento? — perguntou ele num sussurro.

Priti deitou-se de barriga para cima, encarando o céu encoberto.

— Nada. O lugar não podia ser pior, Luca. É um espaço aberto e mal iluminado.

— Mas estamos de frente para o armazém correto.

— Estamos, mas o local está praticamente às escuras. O encontro pode ocorrer e mal termos tempo de pensar em alguma coisa.

Por alguns instantes não havia nada para se escutar. Luca quebrou a quietude:

— Você tem razão. Planejamos isso mal. Vamos descer e nos posicionar junto do armazém onde está o Pó Negro. Abriremos mão do ponto de observação privilegiado; afinal, de nada adianta poder enxergar o que se passa se não pudermos intervir.

Priti não gostava da ideia de perder a posição segura de observação, mas não tinha como discordar. Preparava-se para falar quando foi interrompida pelo som de passos vindos lá de baixo. Deslizou de volta para a borda do telhado, dessa vez acompanhada por Luca. Uma pequena barca surgiu da escuridão, deslizando pelo canal, vindo da direção da cidade. A embarcação parou junto da lateral oposta do canal, onde havia um conjunto de degraus esculpidos na pedra. Um grupo grande de homens — talvez quinze ou vinte — começou a subir e logo já estava posicionado na área calçada. Ao mesmo tempo, outro grupo de tamanho semelhante emergiu das sombras logo abaixo do armazém a partir de onde observavam. Eles cruzaram uma ponte de pedra que arqueava alto acima do curso d'água e se perfilaram diante do outro grupo.

Na meia-luz era impossível distinguir quem era quem pelas roupas que usavam, mas Priti fez a distinção pelo modo como um lado se dispunha diante do outro. Os homens que haviam chegado por último, cruzando a ponte, formavam um fileira coesa: eram guerreiros treinados, tinham de ser os mercenários. Os homens de Marco Carolei eram guardas da *beetwa* e podiam estar acostumados com confrontos de rua, mas não a luta em campo aberto. Eles permaneciam relativamente afastados uns dos outros, em uma disposição que era tudo, menos defensiva.

Luca colocou o que ela pensava em palavras:

— Os homens de Marco Carolei não têm ideia de onde se meteram.

Priti tornou a olhar para a cena. Pela primeira vez, identificou Marco Carolei. Ele conversava com um dos mercenários, um pouco afastado dos demais homens. Com um aperto no peito, Priti avistou a menina, a pequena forma quase perdida entre os guardas da *beetwa*. Com uma súbita onda de urgência, ela falou:

— Isso vai dar errado, Luca! Não temos muito tempo.

Agora Marco Carolei e o homem com quem ele tratava discutiam acaloradamente. Era impossível escutar o que diziam, mas o gesticular frenético deixava claro que um desentendimento havia surgido. Com frequência cada vez maior, Marco apontava em direção a um armazém no lado oposto àquele onde estavam. Era lá que supostamente estava guardado o Pó Negro. Fez-se um súbito silêncio e os dois homens que discutiam pararam de gesticular. Priti temeu que o confronto fosse explodir naquele instante. Por alguns segundos, prendeu a respiração.

Respirou aliviada quando percebeu ambos os grupos se dirigindo para a entrada do armazém. A grande porta de correr do prédio foi aberta com o esforço de vários homens, o andar da estrutura marcado por um longo guincho metálico que mais se parecia um lamento. Um brilho avermelhado surgiu lá de dentro e se esparramou pelo breu, desenhando uma elipse na área calçada.

— Esse Pó Negro reage ao fogo — observou Priti. — Acender tochas e lampiões pode não ser a melhor ideia.

— Ou a melhor ideia de todas se você precisar criar uma confusão — completou Luca com um sorriso.

Um golpe de vento veio acompanhado por um silvo. O ar que trazia era visivelmente mais frio. Instantes depois, Priti sentiu as primeiras gotas de chuva tamborilando na pele.

Priti e Luca se afastaram da borda do telhado e começaram o caminho de descida. Precisavam chegar até o nível do chão e depois atravessar para a outra margem. Teriam de escolher, dentre as inúmeras pontes que cortavam o canal, uma mais distante, para não chamar a atenção.

Enquanto cruzavam uma ponte mais afastada da cena, o cair da chuva se intensificou. Quando chegaram do outro lado já estavam ensopados. O Porto Seco permanecia deserto e, se tentassem seguir pelo espaço aberto ao longo do canal, seriam avistados a distância. Por isso, optaram por seguir por uma viela entre duas construções para abordar o armazém pelos fundos. Aquela parte, nos fundos das construções, estava entregue a um breu ainda mais espesso. Avançaram em direção a leste por quatro ou cinco dos prédios até que começaram a divisar os sons.

Primeiro, se insinuaram notas metálicas e repetitivas. À medida que se aproximavam, escutaram gritos ásperos e gemidos de esforço. Pouco depois, os sons da luta já se sobrepunham, inconfundíveis, à chuva e ao vento.

— Precisamos correr! Chegamos tarde! — disse Priti colando as costas na parede que formava a face ocidental do armazém. A partir desse ponto, para chegar à entrada, tudo o que precisavam fazer era avançar mais alguns passos e estariam na área aberta, bem diante da fachada do prédio.

Luca tinha ficado um pouco para trás. Ele colou as costas na parede, ao lado dela. Ofegante, levou alguns instantes para conseguir reunir o fôlego necessário para falar.

— Se formos até lá agora, cairemos no meio da batalha. Duraremos ainda menos do que os homens de Marco Carolei.

Priti sabia que ele tinha razão. Morreriam pelas mãos das Folhas de Hamam com tanta rapidez que nem teriam tempo de entender o que tinha acontecido. Mas a força que a movia em direção à criança era mais poderosa do que a prudência. Muito mais. Com a mente afiada, o mundo se dissolveu. Nada mais importava que não fosse a menina. Aos poucos entendeu algo que jamais poderia ser posto em palavras. Apenas estava lá.

Luca tem razão: estou exatamente onde deveria estar. Esse é o meu propósito. É isso que preciso fazer.

No mesmo instante em que o pensamento se formou, a conexão com a menina se tornou clara. Mesmo afastada fisicamente, pôde sentir a presença dela, tão inegável quanto a chuva que caía sobre eles. Sem dar voz à razão ou à cautela, Priti correu pela viela, em direção aos sons da batalha. Às suas costas ouviu o apelo desesperado de Luca se dissolver no ar:

— Priti, não!

Ao contornar o prédio e se deparar com a cena, Priti teve um choque e deteve o avanço com gesto desajeitado. O espaço aberto entre a entrada do armazém e o canal tinha se transformado em um campo conflagrado. Por toda a parte havia homens lutando. O sobe e desce das lâminas das espadas, revelado pelo súbito reflexo avermelhado que surgia quando o aço encontrava a luz que vinha da parte interna do armazém. As explosões metálicas das lâminas se entrechocando vinham emolduradas pelos gritos de batalha que enchiam o ar.

Com o coração aos saltos, Priti vasculhou o ambiente. A menina não estava em parte alguma. O combate, que parecia parelho à primeira vista, na verdade nada tinha de equilibrado. Percebeu que os mercenários, armados com espadas e machados de batalha, se reuniam em grupos cada vez maiores à medida que iam encurralando e abatendo os guardas da *beetwa*. Quando entendeu que os homens de Marco Carolei estavam sendo dizimados, compreendeu o perigo que corria.

Luca se postou ao seu lado, ainda mais ofegante:

— Priti, isso vai acabar num instante e vão nos avistar aqui.

Assim que Luca terminou de falar, um dos mercenários cravou os olhos na direção deles. O grito veio rasgando o ar:

— Peguem aqueles dois!

Seis ou sete dos mercenários, alertados pelo grito do colega, interromperam a luta e também olharam para onde Priti e Luca estavam.

Priti lançou a pergunta sem se voltar para Luca.

— Acha que consegue correr para dentro do armazém?

— Não... Mas vá você. Eu posso tentar ganhar alguns...

Luca foi interrompido por uma enxurrada de sons que veio atropelando todo o resto. Gritos selvagens e o deslizar metálico de armas sendo desembainhadas irromperam, vindos de algum lugar além do bando de mercenários. Por um segundo, Priti não compreendeu o que se passava.

Então os avistou.

Do lado oposto de onde estavam, começaram a brotar da escuridão as formas de homens encapuzados, vestidos de negro. Seus contornos se achavam semiobscurecidos pelos véus oscilantes da chuva, que agora caía torrencialmente. Mas vinham em grande número e pareciam escorrer por entre os mercenários, que, num primeiro momento, apenas observaram a cena, perplexos.

Logo o calor da batalha se renovou quando os mercenários, metódicos e disciplinados, cerraram fileiras para lidar com o bando recém-chegado. Dessa vez, se encontravam em visível desvantagem numérica: os homens de negro eram pelo menos duas vezes mais numerosos.

— As Facas de *Ellam*! — exclamou Priti, vidrada no combate que agora rugia furioso diante deles.

Priti sentiu Luca puxar seu braço.

— Priti! É a nossa chance!

Antes que ela pudesse responder, Luca já cambaleava em direção à abertura do armazém. Priti o seguiu e, na velocidade em que correu, logo o ultrapassou.

A luta se concentrava do lado de fora e por isso encontraram o interior do armazém deserto. O local resplandecia, bem iluminado por tochas cravadas no chão e ainda por arandelas fixas às paredes. Tratava-se de um amplo espaço aberto, com um pé-direito alto. A parte central do ambiente se achava vazia, mas junto às paredes e nos fundos, incontáveis barris de madeira estavam colocados uns sobre os outros, formandos altas pilhas que quase atingiam o teto. Em direção aos fundos havia um mezanino, que era acessado por uma escada de madeira montada em uma das laterais. Sobre a plataforma do mezanino repousavam ainda outras pilhas dos barris de madeira.

Priti se deteve e examinou o ambiente. Havia vários corpos estirados sobre o chão. Ela caminhou entre eles, o coração aos pulos, examinando cada rosto. Não demorou a identificar o corpo de Marco Carolei. Ele tinha um ferimento único de espada na altura do coração. Era idêntico ao que ela tinha visto no corpo de Dewar.

— Os mercenários o executaram — falou ela para Luca.

Luca estava um pouco afastado, examinando um único barril que repousava bem no centro do ambiente.

— Veja isso — disse ele.

Priti se aproximou. Aquele barril, diferentemente dos demais, tinha a tampa aberta. Estava cheio quase até a borda com um pó negro muito fino. A substância tinha um odor pungente, que impregnava o ar e entrava queimando pelas narinas.

— O Pó Negro — disse Priti. — Alguém andou examinando o material. Parece autêntico.

Luca assentiu.

— Parece. Mas não fez diferença para Marco Carolei. Não era isso que as Folhas buscavam.

— E onde está a menina? — perguntou Priti.

Ambos se viraram ao escutar um ruído vindo do alto do mezanino. Por um momento, um leve arrastar se sobrepôs à cacofonia da luta que se desenrolava lá fora. Priti percebeu um vulto se movimentando entre as formas dos barris. Num instante estava lá, depois havia sumido outra vez. Mas sabia quem era.

Num ímpeto disparou até as escadas e venceu os degraus, três de cada vez. Quando chegou à plataforma elevada do mezanino, avistou a menina encolhida entre duas pilhas de barris. Priti correu até lá, se agachou ao lado dela e a abraçou com força. Sentiu o corpo miúdo da criança relaxar, rendido pelo conforto que o abraço trazia.

— Não vou mais deixá-la — sussurrou no ouvido dela. — Estaremos sempre juntas.

Percebeu o corpo também relaxando. A mente se viu livre das antigas amarras e, assim, pôde navegar. Aceitou, serena, que agora pertencia a outro mundo. E, ainda que não soubesse o nome das coisas nesse novo mundo, sabia o seu significado. Como uma criança que ainda não dominou a língua falada pode não saber a palavra para chuva, mas conhece o toque gelado das gotas sobre o rosto.

Assim Priti vivenciou o momento: quando fez as pazes com o que se passava, a voz soou naturalmente:

— *Sou Ella.*

Priti se separou do abraço e estudou o rosto da menina. Movida pelo instinto, respondeu apenas em sua mente e não em voz alta:

— *Sou Priti Kandel. Você está ferida?*

Ela sacudiu a cabeça.

Luca se aproximou e se ajoelhou perto delas. Quando ele percebeu o que se passava, passou a dividir o olhar entre as duas, completamente fascinado.

— *Onde estão seus pais?*

Ella sacudiu a cabeça.

— *Não sei quem são.*

— *Onde aqueles homens a encontraram?*

— *Na cidade com os telhados coloridos.*

Priti voltou-se para Luca.

— Cidade com os telhados coloridos? — perguntou ela. — Valporto, no Mar Interno?

Ele assentiu.

— *O que você fazia lá? Quem tomava conta de você?*

— *Eu vivia na rua, com outras crianças.*

Recordou-se da época em que perdeu o pai. Era mais velha do que essa menina e teve o amparo imediato da abadessa. Não conseguia nem sequer começar a imaginar as provações a que tinha sido submetida uma criança tão pequena sozinha no mundo.

— Pergunte a ela sobre o velho que nos atacou no navio — interveio Luca.

Priti franziu o cenho.

— Não vou forçá-la a falar sobre isso! Ela deve estar apavorada.

Percebeu que ela podia escutar, quando a resposta se insinuou:

— *Eu sei o que é. Posso senti-lo.*

Priti sentiu um arrepio correr pelo corpo.

— *O que quer dizer...?*

Ella a encarou com os olhos bem abertos.

— *Ele está lá fora.*

Priti endireitou o corpo, como que tomada por um espasmo de dor. Luca se sobressaltou com o gesto.

— Priti, o que foi?

Priti deu as mãos para Ella e, juntas, se puseram em pé.

— Luca, ela disse que aquela coisa está lá fora.

Luca estremeceu. Aos poucos, ele também se colocou em pé.

— Se for verdade, não temos muito tempo.

Agora que estavam reunidos outra vez, tudo parecia possível. De algum modo, conseguiriam escapar.

— Ainda podemos conseguir — disse Priti. — Os mercenários e as Facas ainda lutam lá fora. Vamos usar a confusão como cobertura. O plano original — completou com um sorriso.

Luca assentiu, embora não parecesse convencido. Apesar da dificuldade para se locomover, ele tomou a dianteira, rumando em direção às escadas. Priti deu as mãos à Ella e, juntas, seguiram logo atrás. Desceram os degraus com cautela, estudando o movimento lá embaixo, mas o armazém permanecia deserto. A luta, porém, se desenrolava cada vez mais perto da abertura. Revelados pela iluminação que vinha da porta aberta do armazém, Priti avistou os mercenários formando um semicírculo, de costas para eles. Bem diante deles, o chão estava acarpetado com os corpos dos homens vestidos de negro.

Se já eliminaram as Facas, contra quem estão lutando?

Assim que se deteve na cena, compreendeu. Com um choque de terror interrompeu a descida quando estavam quase no nível do solo.

— Luca!

Ele se apoiou no corrimão das escadas e se voltou na direção dela.

— O que foi?

— Olhe! — disse ela apontando em direção ao exterior.

Luca levou algum tempo para registrar a cena.

— As Facas já foram liquidadas — disse ele.

Priti se adiantou mais alguns degraus e o segurou pelo braço, para impedir que ele descesse mais.

— Não é tudo. Observe: é uma formação defensiva. Os mercenários não estão atacando; estão *se defendendo.*

No mesmo momento em que Luca assentiu, mostrando que compreendia, Priti escutou o urro. Tratava-se de um grito animalesco. O som gutural que abafava ao mesmo tempo homens, chuva e vento não era natural. Não podia ter sido produzido por um homem.

Desfocado pela chuvarada e pela pouca iluminação, Priti o avistou. Bem diante do semicírculo de homens, lá estava o velho que tinham visto no navio. Estava desarmado, mas isso não fazia diferença. De ambas as mãos bem abertas, despontavam as garras pontiagudas como lâminas afiadas. Com elas ele golpeava, estocava e ceifava com força e velocidade impossíveis. Priti viu uma das Folhas se adiantar com a espada erguida, pronta para oferecer combate. O velho desferiu um golpe na horizontal com a mão espalmada, o movimento rápido demais para os olhos registrarem por inteiro. Mas escutou o ruído. A carne sendo rasgada e os ossos sendo partidos no instante em que o braço e parte do torso do mercenário eram arrancados.

Priti sentiu um puxão no braço. Ella a encarava com os olhos transbordando de terror.

Não podemos ir lá fora! Não podemos!

Priti sentiu o medo preencher cada recanto de si. Estavam encurralados; não tinham para onde ir. A perspectiva de uma fuga não tinha passado de uma ilusão fugaz.

— Luca! Não podemos sair!

Por alguns instantes ele dividiu o olhar entre ela e a luta lá fora. À medida que as Folhas de Hamam perdiam terreno, o confronto se aproximava perigosamente do limiar da porta.

— Temos que tentar — disse ele.

Dominada pelo pavor, Priti olhou para a criatura lá fora. Lutava cada vez mais alucinadamente, trucidando qualquer um que se aproximasse. Entendeu que estava atrás de Ella. Faria de tudo para chegar até eles. A imagem do velho, agora, achava-se bloqueada pela silhueta de um mercenário com quem lutava. Com outro golpe rápido, que Priti nem chegou a registrar, a cabeça do homem foi arrancada. No súbito vazio que se formou, seus olhares puderam se entrecruzar.

Confrontada com um ódio de magnitude imensurável, Priti sentiu o maior medo que podia existir. E assim aceitou a verdade.

Luca está certo. A Ordem de Taoh está certa. É tudo verdade. Essas coisas não pertencem a este mundo.

Priti olhou em volta. Luca estava escorado no corrimão das escadas. Ferido, ele mal conseguia se movimentar; não teria como participar de nenhuma luta. Ella estava exausta e aterrorizada. Se havia algum papel que ela pudesse desempenhar num confronto contra a criatura, não seria naquelas condições. Por fim, examinou a si mesma. Estava exausta além de qualquer medida possível.

Isso é o fim.

Foi mais uma vez trocando olhares com a menina que Priti entendeu o peso do que precisava ser feito.

Ele não pode ficar solto.

Priti sentiu o rosto se inundar de lágrimas.

É o que precisamos fazer.

Tudo o que ela conseguiu responder foi:

Eu sinto muito.

Restava apenas fazer o que precisava ser feito.

— Luca! Me ajude com a porta — berrou ela terminando de descer as escadas e correndo em direção à abertura do armazém.

A porta consistia numa única peça de madeira. A pesada estrutura tinha rodas na parte inferior, que permitiam que ela corresse ao longo de um trilho. Apesar disso, não se movia com facilidade. Priti colocou toda a força de que dispunha e depois inclinou o corpo para acrescentar o próprio peso, mas, ainda assim, tudo o que conseguiu foi fazer a porta deslizar lentamente por uma pequena extensão. Empreendia o esforço dominada pelo terror; sabia que a posição a colocava muito perto da criatura e do confronto do lado de fora.

Luca se uniu a ela no esforço, posicionando-se logo atrás. Priti encontrou um puxador de metal e firmou as mãos nele. Em meio a um grunhido de esforço, empregando toda a força que tinham, conseguiram fazer a porta se mover. Uma vez que a estrutura ganhou alguma velocidade, o movimento se tornou um pouco menos penoso.

Com o canto dos olhos, Priti viu Ella subir alguns degraus da escada. Ela tinha os olhos cravados lá fora.

Rápido! Ele está vindo!

Um baque surdo marcou o momento em que a porta completou o movimento e atingiu o marco. Estava fechada.

Priti correu até um dos cantos do armazém e, outra vez com a ajuda de Luca, ergueu uma pesada barra de ferro. Juntos a levaram até a porta e a fizeram deslizar nos suportes. Com um estrondo metálico, a porta foi trancada.

Ensopada tanto pela chuva quanto por suor, Priti se agachou e colocou as mãos sobre os joelhos para recuperar o fôlego. Luca a observava com um olhar que misturava impotência e incredulidade.

— E agora? — perguntou ele.

Priti se endireitou e olhou para o barril aberto no centro do ambiente.

— Me ajude.

Luca deixou os ombros caírem e seu olhar se apagou. Mas ele não disse nada. Apenas caminhou até o barril. Nenhum troca de palavras foi necessária a partir dali. Ambos sabiam o que precisava ser feito.

Mais uma vez somando forças, arrastaram o barril pelo armazém em direção às escadas. Com o tampo inclinado, a cada novo passo que davam, mais do Pó Negro se depositava sobre o chão. Quando atingiram os primeiros degraus, haviam deixado para trás um espesso rastro da substância. Subiram as escadas da mesma forma. Uma vez no mezanino, ergueram o barril — agora leve — e depositaram o que sobrara do Pó de modo a formar um monte que tocava a base de uma das pilhas de barris ali acomodados.

— Você acha que será suficiente? — perguntou Priti.

— Eu não sei — respondeu Luca, limpando o suor da testa com o dorso da mão. — Vai ter que ser.

Um estrondo rugiu vindo lá de baixo. Algo golpeava a porta.

Priti recuou para onde Ella estava, agachada junto de outra pilha dos barris.

— Luca! Ele está tentando entrar!

Ele correu escada abaixo o mais rápido que pôde. Foi até uma das paredes e retirou uma tocha fixa de uma das arandelas, enquanto as batidas na porta aumentaram em cadência e intensidade dos golpes. A força aplicada era impossível; toda a estrutura parecia vibrar a cada nova investida.

Luca retornou ao mezanino carregando a tocha. Ele a equilibrou cuidadosamente escorada na pilha de barris e se sentou no chão junto delas. Bastava a tocha deslizar para que a chama tocasse no monte de Pó Negro que haviam depositado no limiar da escada.

Estavam todos sentados no chão, a menina encolhida entre ambos. Priti aproximou-se ainda mais e a abraçou com força. Sentiu Luca também se aproximando e envolvendo as duas num único abraço. A mão que tinha livre deslizou até encontrar a mão de Luca. Ele pousou um beijo nela e depois apenas entrelaçou os dedos dele nos seus.

Embalados pelo som enfurecido das batidas, Priti sorveu o momento. Nunca tinha sentido tanto medo, mas também nunca estivera tão completa. Compreendeu, com todo o peso que aquilo trazia, o fardo das escolhas que tinha feito. Ou melhor, das coisas que deixara de fazer. Entendeu que muito da sua vida havia se esvaído enquanto ela vivia desconectada de todo o resto.

— Eu queria ter conhecido você antes.

Ele apertou a sua mão com mais força. As batidas agora soavam ainda mais intensas, quase ensurdecedoras.

— Eu também.

Mas ali, naquele momento final, não havia apenas pesar. Longe disso. Priti sentiu uma estranha paz invadir corpo e mente. O coração se acalmou e a mente se aquietou. Foi como se algo a houvesse tocado. Algo maior, muito acima deles, como uma mão que traz amparo e conforto. Não sabia o que era; jamais saberia. Mas estava lá. E com isso ela entendeu.

É como Luca disse. Era para eu estar aqui. Estou exatamente onde devia estar.

A menina a encarou.

Estamos todos.

Mas Priti entendeu ainda mais:

Isso não é o fim. Há mais depois. Eu vou voltar. Ella vai voltar. Luca vai voltar.

Um estrondo horrendo irrompeu lá de baixo. A porta foi enfim estilhaçada. A criatura estava ali dentro.

Ella escondeu o rosto no seu peito. Priti a envolveu ainda mais no abraço.

— Luca... estou com medo.

Ele apertou o abraço.

— Eu também.

Priti buscou o rosto dele. Luca tinha a face tomada pelas lágrimas.

— Eu queria saber o seu nome.

Ele sorriu:

— Andrea. Andrea Alighieri.

Ela sorriu de volta. Tudo que via agora se achava desfocado pelas lágrimas.

Estaremos todos juntos outra vez.

A madeira dos degraus rangeu.

Andrea tinha os olhos fixos nela. Sem jamais desviar o olhar, ele empurrou a tocha.

A

A abadessa observou os cavaleiros da comitiva de Alexander Terrasini desaparecerem na primeira curva da estrada. Cavalgando na vanguarda, o duque já se fora fazia algum tempo. A despedida tinha sido breve. Alexander tinha pressa; parecia ainda mais obstinado do que de costume. Desejava apenas prosseguir.

De algum modo, ela sabia que ele não iria longe. A noção a enchia com um pesar imenso. Era um grande homem; seus feitos seriam lembrados por muito tempo.

Mesmo depois de o último cavaleiro desaparecer, engolido pela floresta, ela ficou ali, na entrada do mosteiro. O céu permanecia de um azul profundo, mas o vento que corria era gelado. Um vento de inverno em pleno verão. Muitos tomariam aquilo como um presságio. E era.

— Uma pena que ele tenha que morrer.

A abadessa se voltou para a velha parada do seu lado. Ela havia insistido em assistir à partida do duque. Até ali, haviam permanecido no mais completo silêncio. Era a primeira vez que ela falava.

— Devíamos ter avisado dos mercenários à espreita na floresta — interpôs a abadessa.

A velha sacudiu a cabeça.

— O destino é um rio. Ele corre pelo tempo, contornando curvas e voltas, seguindo o seu curso. Além desse fluir, não há mais nada que ele saiba fazer. Por isso, não importa o que façamos, o rio não pode prescindir dessa volta.

A abadessa suspirou, perdendo outra vez o olhar na floresta.

— Eu sei. Mas ainda assim é uma pena.

Por um longo momento ficaram as duas em silêncio. Aos poucos, o sol se escondia em meio à copa dos pinheiros. Não restava muito da tarde.

— Ouvi a respeito desse incidente — disse a velha, por fim.

— Dizem que foi uma grande explosão. Os estragos foram muito extensos e nada restou para que as autoridades pudessem entender o que se passou.

A velha assentiu.

— E teve a chuva.

A abadessa se voltou para ela.

— O que tem a chuva?

— Não fosse por ela, metade de Astan teria queimado.

A abadessa assentiu. Não tinha pensado naquilo.

A velha mantinha o olhar fixo na floresta.

— Tudo aconteceu como devia.

A curiosidade veio súbita, como uma onda.

— Como a senhora sabe a respeito da heroína? Como sabe de tantas coisas?

A velha sorriu.

— Porque eu também fui uma abadessa no meu tempo. E a heroína se chamava Priti... Era apenas uma menina quando a abriguei...

A abadessa compreendeu. Agora fazia sentido.

A velha prosseguiu:

— Eu tive um sonho essa noite. Era sobre a tormenta que se aproxima. Será a maior de todas. E cabe a nós enfrentá-la.

— Eu também a sinto. Mas como enfrentaremos o que está no porvir sem pessoas como Alexander Terrasini e a heroína? Sem falar em tanto outros que já tombaram?

— Foi sobre isso que eu sonhei.

— Sobre o quê?

A velha a encarou intensamente.

— A partir de agora tudo estará nas mãos deles.

A abadessa não compreendia.

— Nas mãos de quem?

— Theo, Anabela e Asil. Está tudo nas mãos deles.

NOTA DO AUTOR

"Essa história é uma prequela da série de fantasia Mar Interno.

A história principal se passa logo após aos eventos aqui narrados e tem como ponto de partida a intrincada cadeia de eventos desencadeada pela morte de Alexander Terrasini.

A história está centrada em três protagonistas: Anabela Terrasini (filha de Alexander Terrasini); Theo, garoto de rua em Valporto e Asil Arcan, comandante reformado das forças de Tássia.

Em Mar Interno, acompanhamos a jornada pessoal dos três, enquanto navegam em um complexo cenário geopolítico e tendo como pano de fundo a crescente ameaça das entidades de outros mundos."

ROBERTO CAMPOS PELLANDA - 2021®

Este livro foi composto em Kepler
Std (corpo e capitulares), Brother
1816, Herr Von Muellerhoff e King
Size Script (inserções) em Março
de 2022 para a AVEC Editora e impresso em Triplex 250 g/m² (capa)
e Pólen Soft 80 g/m² (miolo).